FELICITAS GUERRERO

"La mujer más hermosa de la República"

NARRATIVAS HISTÓRICAS

Se agradece la gentileza del Archivo General de la Nación por haber facilitado algunos de los documentos consultados para la realización de la presente obra.

ANA MARÍA CABRERA

FELICITAS GUERRERO

"La mujer más hermosa de la República"

EDITORIAL SUDAMERICANA
BUENOS AIRES

Diseño de tapa: María L. de Chimondeguy / Isabel Rodrigué

PRIMERA EDICION
Mayo de 1998

QUINTA EDICION
Octubre de 1998

ISBN 950-07-1372-1

*Para Gabriela y Manuel,
mis raíces*

El crimen perpetrado en Barracas, como ha dicho mi íntimo amigo el gacetillero de El Nacional, va a modificar notablemente nuestras costumbres sociales, y a producir una revolución en los salones. He aquí el hecho. Hay un hombre que está perdidamente (enamorado) de una joven. Ésta rechaza su amor. ¿Por qué? ¡Misterios del corazón! Él, en lugar de olvidarla y poner tierra por medio, asesina a su amada y después se quita la vida con la mayor frescura de este mundo. Esto envuelve una lección altamente provechosa para la mujer. Las malas acciones como las buenas, encuentran siempre imitadores.

Baste que a uno se le ocurra una idea feliz para que traten de imitarlo los demás.

Y decimos una idea feliz, porque lo es efectivamente la que guió al caballero citado, al levantarse la tapa de los sesos.

Su resolución es de mucha trascendencia social.

Cuando menos ha hecho meditar a la mujer.

Y se ha estremecido al considerar que su carácter voluble, superficial, puede acarrearle mil sinsabores.

El aludido caballero nos ha vengado de la mujer.

Jesús murió para salvar a los hombres.

Debemos glorificar su muerte. Es digna de la apoteosis. No seamos ingratos con quien ha hecho arrepentir a la mujer de su coquetería, de su volubilidad.

....

Las impresiones más profundas se borran pronto.

Nuestro corazón es semejante al arroyo. El soplo de la brisa lo agita un instante. Después recobra su calma y se desliza tranquilo. El soplo del viento no conserva la más mínima huella de espuma en su terso cristal.

Quiere decir esto que las mujeres olvidarán pronto el suceso de Barracas, si nosotros no mantenemos vivo en su mente el recuerdo de ese sangriento drama.

Es menester no hablar de otra cosa. Más aún, es necesario que de vez en cuando repita alguno esa tragedia, para salvar a los demás.

....

Entonces dirán las mujeres:

Hay que abrir los ojos y aceptar el amor del que nos lo ofrezca con sinceridad.

Hasta ahora solían los amantes desairados poner fin a su existencia, pensando —¡ilusos!— que su deplorable fía despertaría el arrepentimiento en el corazón de la mujer que amaban inútilmente. Semejante manera de vengarse era estúpida.

La mujer, lejos de arrepentirse, lejos de entregarse a la desesperación con todo el aparato correspondiente de desmayos, pataletas y sollozos, contaba con cierta fruición a sus amigas el lance ocurrido, vanagloriándose de ser la causa de que fulano o mengano se levantara la tapa de los sesos.

La venganza del hombre debía extenderse hasta la mujer.

No somos rencorosos, no alabamos el crimen, no quemamos incienso al dios de la venganza, pero opinamos que no es del todo maleja la idea de asustar de vez en cuando a la mujer con un golpe teatral, para que entre en reflexión y se eviten mayores catástrofes.

La educación de la mujer se resiente notablemente. No es la coquetería la cátedra donde debe estudiar el arte de agradar.

La coquetería mata su corazón; ciega las fuentes del sentimiento. Una mujer coqueta no siente. Cada sonrisa que brilla en sus labios, ha sido ensayada mil veces en el espejo.

La coqueta es una admirable actriz que ha elegido el mundo por teatro.

Los hombres le prodigan sus aplausos y las mujeres su envidia.

Despertar la envidia en el corazón de las mujeres, es para la coqueta su verdadero triunfo.

Con sus miradas enardece el corazón del hombre, con sus suspiros inflama su alma, con sus sonrisas le enloquece.

Y cuando lo ve más rendido implorando su amor, entonces goza más y más clavando en su alma el aguijón de los celos.

El amor de la coqueta es como el cielo azul, que ni es azul ni es cielo.

Las ilusiones del hombre son estrellas que brillan perdidas en el vacío... de ese amor.

Pronto sobreviene la noche del dolor y estalla el rayo de los celos, inundando de lágrimas el corazón del hombre.

....

El amor de la coqueta es también como las alas de la mariposa.

Polvo de oro y carmín que desvanece el más leve soplo.

....

Por eso... ¿de qué hablábamos? ¡Ah! Ya me acuerdo. Por eso el hombre, avergonzado de ese yugo insoportable, causado de la tiranía que ejerce sobre su corazón la mujer, ha ideado la manera de romper tan pesadas cadenas, haciendo temblar al tirano en su trono...

Se ha sublevado.

Digámoslo de una vez. El crimen cometido en Barracas es horrible. No lo ensalzamos. Pero de ese hecho hemos desprendido la serie de reflexiones que antecede, haciendo abstracción de la causa. Hemos hablado en abstracto. No nos hemos personalizado con nadie.

Deploramos el fin trágico de esa distinguida y virtuosa señora, víctima del furor de un hombre enamorado.

Pero nos alegraríamos de que las niñas sacaran de ese hecho aislado una lección provechosa.

....

Desde pequeñitas, las mujeres sienten en su corazón ese admirable instinto maternal que las hace correr locas tras las muñecas, las que visten con amorosa solicitud y arrullan en sus brazos, dirigiéndoles las más tiernas y expresivas frases.

Después, cuando arrojan desdeñosas las muñecas como un juguete demasiado frívolo (para) su edad, se apoderan del corazón del hombre, vistiéndolo de ilusiones, arrullándolo con sus suspiros y prodigándole sus más tiernas caricias.

Pero el corazón del hombre no es más afortunado que las muñecas. De la noche a la mañana se encuentra desnudo de ilusiones y perdidas sus mejores galas: las esperanzas.

Engañar al hombre es la ocupación favorita de las mujeres...

....

Por lo demás la semana ha transcurrido tranquilamente.

El mes de febrero parece más benigno, mejor sujeto.

La historia de enero puede escribirse con sangre.

El año 1872 no quiso mostrarse indigno de su antecesor.

1871 murió alumbrado por el siniestro resplandor de las llamas y entre los moribundos ayes de cien náufragos.

1872 principió por derramar torrentes de sangre en el Tandil. Cualquiera diría que estaba resuelto a hacer la vida del hombre mala.

....

Brilló la primera aurora de febrero y pareció calmarse el mar de las pasiones.

Por otra parte el Carnaval nos promete ratos de verdadera felicidad. Debemos embriagarnos de gozo para olvidar nuestras penas, nuestros quebrantos.

Inspirémonos en la filosofía de Demócrito y declaremos guerra abierta a Heráclito.

¡Reír! He aquí nuestro programa.

ABEN-XOAR

(*La Nación*, febrero 4 de 1872)

1

DESDE LOS ABUELOS

Antonio y Antonia se casaron en su Málaga natal en 1816. El apellido de él, Guerrero; el de ella, Reissig. Él, altísimo, de expresión severa y firme; ella, muy vivaz, de mirada clara y alerta.

Gozaron su amor con la intensidad del sol del Mediterráneo. Los atardeceres los sorprendían abrazados a orillas del mar.

A los dos años tuvieron un hijo. Se llamó Carlos José. Heredó la fortaleza de su padre y los ojos inquietos de su madre.

Poco tiempo después viajaron a las Islas Canarias. Allí, Antonio Guerrero fue nombrado alcalde. Su desempeño fue justo y generoso.

Luego tuvieron una niña. La llamaron Ana Joaquina. La pequeña familia era respetada por todo el pueblo.

Carlos, el primogénito, fue creciendo rodeado del ardiente sol y la inmensidad del mar. En sus primeros años de juventud su mirada se perdía en el azul del Mediterráneo. Observaba con fascinación, una y otra vez, los barcos que se alejaban hasta ser devorados por el horizonte. Esto lo inquietaba, despertando en él la irrefrenable curiosidad de conocer tierras lejanas.

Más tarde el joven nadaba como pocos. Navegar era su obsesión. Quiso trabajar con los pescadores. Cada día, al subir a la barcaza, disfrutaba con la sensualidad del viento marino acariciando su cara. Cada noche era un placer saborear los suculentos platos que su madre hacía preparar para

13

él, y dormir con el cuerpo agotado por el trabajo. Su felicidad era solamente empañada por ese deseo incontenible de viajar y de formar una empresa naviera propia.

Día a día veía irse a parientes y vecinos al Nuevo Mundo.

En una ocasión, con profunda emoción fue al puerto a despedir a su primo Enrique, que partía junto a amigos y vecinos.

Tiempo después, tras mucho meditar y conversar con su gran amigo Elías Romero, anunció su decisión:

—Me marcho hacia América. Me voy con Elías y otros amigos. Dicen que allí hay trabajo para quien quiera progresar —les dijo a sus padres.

Llorando lo despidió su madre; con un fuerte abrazo, su padre.

El bergantín en que viajó iba completo de sueños juveniles. Tardaron tres azarosos meses hasta que Santa María los recibió con sus Buenos Ayres.

Lo mejor estaba por hacerse. Se necesitaban brazos trabajadores y mentes creativas. Todo eso y mucho más tenía Carlos José.

Al llegar sintió sobre su cuerpo el frío húmedo del invierno de la ciudad porteña. Empezó a caminar con sus proyectos y ensueños por un lugar vistoso que exhibía el colorado en puertas, rejas y ventanas. Moños, cintillos, abanicos y testeras de hombres y caballos, todo lucía el rojo vivo de la Santa Federación.

A puertas cerradas participó de jóvenes tertulias de libertad, religión y progreso que, al son de "Las once han dado y nublado", se dispersaban con un "Buenas noches". En 1837 comenzó a frecuentar las reuniones del Salón Literario. Allí aprendió a amar la libertad y a este país al escuchar a Esteban Echeverría cuando en una oportunidad expresaba:

"Nuestros sabios, señores, han estudiado mucho pero yo busco en vano un sistema filosófico, parto de la razón argentina y no lo encuentro; busco una literatura original, expresión brillante y animada de nuestra vida social, y no la encuentro; busco una doctrina política conforme con nuestras costumbres y condiciones que sirva de fundamento al Estado y no la encuentro. Todo el saber y la ilustración que poseemos no nos pertenece; es un fondo, si se quiere, pero no constituye una riqueza real, adquirida con el sudor de nuestro rostro, sino debida a la generosidad extranjera."

Las palabras de este ilustre hombre animaban los proyectos del joven Guerrero. Quería trabajar para este país recién nacido.

Ese mismo año volvió a escuchar a Echeverría en otra tertulia; afirmaba que, a decir verdad, poco era lo que se había adelantado desde la revolución. Por lo tanto, para recuperar el tiempo perdido, proponía dejar la pereza heredada de los antepasados e iniciar un período de reflexión.

En ese momento Carlos José reparó en la presencia de un hombre alto, de piel muy blanca y mirada segura que, al escuchar al famoso disertante, empezó a sonreír en señal de aprobación.

Echeverría continuó hablando acerca de las transformaciones que habían sufrido el valor de la propiedad rural y la ganadería desde fines del siglo XVIII hasta ese momento. Instaba a calcular el número de animales que existía en aquellos tiempos, lo perdido por la guerra civil y por la sequía, como así también lo consumido en uno y otro período. De ese modo se podría averiguar si la riqueza de la tierra se había acrecentado o no desde la revolución. Instaba a estudiar los datos que pudieran engendrar con el tiempo una economía auténticamente argentina.

Al terminar la disertación el desconocido aplaudía con entusiasmo. Carlos José le pidió a su amigo Romero que se lo presentara.

—Martín de Álzaga, a sus órdenes —le extendió la mano con una cordial sonrisa.

—Guerrero, mucho gusto —le contestó con un apretón de mano firme.

Ese día comenzaba una larga amistad. Martín Gregorio de Álzaga Pérez, bautizado el 12 de marzo de 1814, era hijo de Félix Felipe Alejandro de Álzaga Carrera. Su padre había sido guerrero de la Independencia y se había desempeñado como diputado a la legislatura de la Provincia y Director del Banco Nacional, entre otros distinguidos cargos.

Martín también se había llamado su abuelo, ejecutado a causa de una conspiración contra el Gobierno. Se había destacado por su actuación en las Invasiones Inglesas y había sido un hombre coherente con sus convicciones políticas y sus ideales patrios.

Ese primer día Carlos José y Martín amanecieron comentando las ideas de Echeverría y sus sueños de trabajo en libertad. Álzaga poseía grandes fracciones de campo. Guerrero empezaba a formar su flota en el puerto de Buenos Aires.

El Café de Marco, donde volvieron a encontrarse para seguir cambiando impresiones sobre la difícil situación del país gobernado por Rosas, fue el escenario de apasionantes tertulias. Con el tiempo se sumó a ellos un jovencito simpático y culto. Se llamaba Bernabé Demaría, era gran lector, escribía y pintaba. Había nacido en Buenos Aires el 17 de enero de 1824. Bernabé no podía mantenerse indiferente a la realidad que le tocaba vivir ni dejar de expresarse de diferentes modos. A veces, por medio de sus actividades leguleyas; otras, canalizando sus ideas artísticamente, ya fuera con el color o con la palabra. Se encontraban muy seguido para conversar, no sólo de política sino también de teatro, hasta altas horas en el tradicional café. Una noche llegó Bernabé con *El Diario de la Tarde* del 23 de junio de 1837:

—Miren esta nota. Es una acusación a nuestros sainetes criollos por lo descabellado e inmoral de muchas de sus expresiones. Este artículo, que está firmado por "Unas argentinas", critica además el hecho de que los actores que representan dramas aparezcan después en los sainetes. Opinan que de ese modo destruyen el deleite despertado con las primeras representaciones.

—Es verdad, hay que cuidar el lenguaje por las damas —opinaba Guerrero.

—De acuerdo, amigo. Pero no hay que olvidar las virtudes del sainete. ¡Es un gusto ver el campo con su gente en el escenario! Su música, el cielito, el pericón, la media caña, la mazamorra y nuestro asado. Todo es real, es simple —agregó Álzaga.

—Es verdad, casi todos empiezan nombrando los caballos criollos. Si mal no recuerdo, en el sainete "El amor de la estanciera", el personaje Cancho dice:

A encontrado un Alazán,
un Bayo y un Sebrunito,

16

un Tordillo y un Picaso
una Yegua mala cara
con una Potranca overa,
un Redomón Gateado
y un cojudo con Collera.

Estos tres inquietos jóvenes eran el ejemplo de lo que había pronunciado Esteban Echeverría en aquella inolvidable primera lectura. En esa oportunidad afirmaba que los hombres que acudían al Salón Literario no lo hacían como mero pasatiempo sino porque aspiraban a mostrarse dignos de los bravos que les habían dejado la patria por herencia.

Carlos José estaba rodeado de amigos. Trabajaba con entusiasmado tesón. Por otra parte se había aficionado rápidamente al sabor del bife criollo y a la belleza de las porteñas. Con su gracioso decir andaluz seducía a las muchachas. Más de una vez protagonizó nocturnos cantos de vihuela al pie de un balcón:

Detrás de la Concepción
engaños y concesiones
destrozan los corazones
mujeres sin corazón.

Pero en aquellos tiempos los amores eran sólo instinto y pasión fugaz. Su vida estaba entregada a formarse un porvenir. En los años que habían pasado desde su llegada a Buenos Aires, sus negocios en el puerto iban cada vez mejor. Con los primeros adelantos económicos había empezado a vestirse algunas veces con chaleco de piqué, y otras, de terciopelo. Al poco tiempo pudo comprarse puños de encaje.

Asistía con asiduidad a reuniones sociales en los salones de las familias Del Mármol, Trelles, Coronel, Zamudio y Lavalle. Conoció a Lucía Masculino, Juana Araujo, Justa Carranza y Avelina Sáenz, señoritas de gran figuración.

Una tarde de primavera su andar elegante y varonil se detuvo un momento, para toda la vida, en la esquina de Cueto. Allí, entre las calles Perú y de La Victoria, estaba la famosa tienda, *randez-vous* del mundo femenino y lugar de movimiento mercantil. Se había detenido a conversar con

Elías, quien le relataba las últimas novedades sobre el nuevo comercio de telas que había inaugurado, cuando vio a una joven salir de la casa de moda. De baja estatura y ojos claros lucía un vestido de color marfil. Su talle ajustado con una bata muy ceñida mostraba unos hombros blanquísimos gracias al generoso escote. Pasó su seductora altanería rozando el pie de Carlos con la saya de seda.

La vio alejare por la calle México con un enorme peinetón que custodiaba la rubia cabellera.

—¿Qué te pasa, Guerrero? ¿Te has quedado mudo de repente? —le dijo su amigo—. ¿Te parece bien el nombre que le he puesto? Mi negocio se llamará "Tiendas San Miguel"... Pero, ¿me estás escuchando? —preguntó

Las palabras del joven sacaron a Carlos del sortilegio creado por esa mujer. Se restregó los ojos para pronunciar un débil "Ah!...", y después de breves instantes pudo preguntar:

—¿Sabes quién es esa muchacha?

—¡Vamos! Te invito con una copa en el Café de Marco. Entre trago y trago te hablaré de Felicitas Cueto y de su familia.

Carlos y Elías fueron caminando por la calle Bolívar. Era una tarde clara de cielo diáfano alterada por alguno que otro charco de agua barrosa, recuerdo de la lluvia de días anteriores. A medida que el joven Guerrero caminaba, las glicinas y los rosales se asomaban por los balcones de las rizadas rejas perfumando el nombre de Felicitas. Cuando llegaron a la esquina de San Ignacio se detuvieron. Buscaron el paso de piedra para cruzar la acera. Llegaron al café. Al entrar, Carlos se encontró con un amplio salón colmado de jóvenes en animada tertulia. Se sentaron a la mesa. Al fondo se podían divisar dos billares.

Ese atardecer el lugar se relajaba con la reminiscencia de un acontecimiento galán: la tarde anterior Francisco Murilla, quien tenía un sentido optimista de la vida, había partido desde allí con trescientos jóvenes acompañados de instrumentos musicales. Contaban que también habían llevado un piano. Recorrieron las calles céntricas hasta colocarse debajo del florido balcón de la bella Manuelita Rosas. Allí le brindaron una inolvidable serenata que hizo suspirar a las mujeres y fue un alivio para las tensiones creadas por los hombres. Buenos Aires se sentía envuelta en perfumado ambiente.

—Hombre, ¡basta ya! Vamos sólo a lo que mis oídos quieren escuchar. ¿No ves que estoy embrujado por el sortilegio de esa maja?

—Bueno. Está bien. ¡Ya va! —contestó su amigo.

Carlos se dispuso a escucharlo con atención. Lo miraba fijamente. Inclinó hacia adelante su cuerpo como quien quiere aprehender con todos sus sentidos la información.

Supo que la muchacha que lo había dejado perplejo desde hacía una hora era hija de Catalina Montes de Oca y Manuel José Cueto, un próspero comerciante, dueño de la esquina donde la había conocido y de varias propiedades que alquilaba. Don Manuel había enviudado y casado en segundas nupcias con doña Catalina, con quien había tenido siete hijos. La mayor era Felicitas.

El padre de la joven era sobrino de Francisco de la Mata y Bustamante, que había sido alcalde y regidor de Buenos Aires, y hermano de Bartolomé Cueto.

Todo estaba muy bien hasta que su amigo le confesó:

—¡Sácate a esa mujer de tu cabeza! Me han dicho que el padre le ha conseguido novio.

Al escuchar semejante noticia, Carlos se levantó con violencia de la silla.

—No... ¡No puede ser! Yo sé que esa mujer será mía. Lucharé para que así sea.

Saludó rápidamente a Romero. Salió del Café de Marco tropezando con las sillas y se perdió por la calle Bolívar.

Carlos trabajaba durante toda la jornada, por las noches asistía a reuniones políticas y soñaba con conocer a Felicitas. Ella se debatía en el dilema de tener que aceptar a un novio que no amaba. El uno y el otro vivían en continuo desasosiego hasta que llegó noviembre y, con él, el Corso de las Flores.

Como todos los años, la muchacha viajó con su familia desde el barrio de San Pedro Telmo hasta Palermo, donde se hacía esa fiesta social. Palermo era lugar de quintas donde los porteños veraneaban. Los Cueto le habían encargado a la servidumbre que recogiera las rosas y jazmines más bellos del jardín. Con algunas flores adornaron los dos carruajes en los que iban a viajar y con otras llenaron unas redondas cestas de mimbre. Subieron risueños. Se dirigían hacia el norte de la ciudad. Cuando llegó la familia Cueto, Felicitas y sus hermanas, Tránsito y Valeria, fueron las primeras en bajar.

—¡Ay, qué niñas éstas! ¡Esperen a los mayores! ¡Pero, caramba! ¡Cuánto apuro! —protestó doña Catalina.

Las jóvenes desoían los reclamos de la mamá no por desobediencia sino porque el entusiasmo las ensordecía.

Fue entonces cuando la muchacha sintió una presencia a su espalda que la obligó a darse vuelta. Al girar se encontró abrazada por una mirada varonil. No podía hablar. Entre el tumulto que reía, bailaba y los empujaba, ellos estaban mudos, quietos, subyugados...

—Carlos Guerrero, a sus órdenes —dijo inclinando la cabeza. Tomó la mano de la joven, la besó suavemente rozando apenas con su abundante barba la suavidad de la piel.

—Felicitas Cueto. Encantada, señor —apenas musitó.

Desde aquel fugaz e intenso encuentro se sucedieron días y noches, cumpleaños y navidades. Pero para Felicitas y Carlos el Corso de Flores de 1842 marcó para siempre sus vidas.

Meses después volvieron a verse en una fiesta en la casa de la familia Lezica. Ella iba acompañada por sus padres y su novio. Él, solo. Trajes, abanicos, luces, vino, música, todo desapareció cuando se vieron. Estaban irremediablemente enamorados.

A partir de ese momento la vida de los dos tuvo un solo tiempo, un solo espacio: el de los casuales encuentros.

Llegó el tiempo en que los señores Cueto preparaban la boda de su hija. Ella no sabía cómo eludirla. Un atardecer recibió un sorpresivo recado:

—Amita, trajeron esto para usted —irrumpió la criada.

Abrió la carta. ¡Era de él! "Mi amada Felicitas" empezaba diciendo. ¡No podía creerlo! Su corazón palpitaba frenético.

A partir de entonces, entre "tu desesperado Carlos" y "Mi amado Carlos", "tu Felicitas", y "Mi querida Felicitas" se encerraron mensajes de amor que algún criado se encargaba de llevar cada día. Hasta que una noche la noticia de esta secreta pasión epistolar llegó a oídos de los padres.

—Pero, ¿qué es esto, hija mía? ¡Ya estás comprometida con otro hombre! —advirtió la madre.

—¡Esto no lo voy a permitir! —sentenció el señor Cueto.

—Pero, papá... —no pudo terminar la frase. El padre le había cruzado la cara con una bofetaba.

En el suelo Felicitas lloraba desconsoladamente. La muchacha estaba sumida en una honda tristeza. Nada podía hacer contra la voluntad de su padre. ¿De qué le había servido la rebeldía de los últimos meses? Con los ojos casi secos de tanto llorar decidió ir ese domingo a oír misa a la Catedral acompañada por su prometido. Sabía que allí iba a estar Carlos. Quería desilusionarlo. Ella también sufriría, pero debía arrancar ese amor inoportuno de una vez y para siempre.

Entró a la iglesia más bella que nunca. A su izquierda caminaba el prometido, a su derecha el padre. Ella elevó los ojos hacia la imagen de la Santísima Trinidad, en lo alto del retablo mayor. No quería mirar a Carlos, pero empezaba a sentir el calor de su mirada que besaba sus enguantadas manos y acariciaba, a través de su mantilla de encaje blanco, su rostro bañado en lágrimas.

Cierto atardecer de primavera Dora, la fiel criada, entró a la habitación con la cara descompuesta. Felicitas le preguntó:

—Pero mujer, ¿qué te ocurre? ¿A qué se debe ese semblante descompuesto?

—Amita... un hombre llegó... me dio... este... —indecisa se movía con las manos en los bolsillos.

—Vamos, dime de una vez por todas, ¿qué te entregó? ¡Por Dios y la Virgen, cuánta intriga! —los colores habían vuelto a las mejillas de la joven.

—¡Ay, Virgen Santa! Que no nos vea su tata —respiró hondo la criada y por fin contestó—: niña, es de él —la negra reconocía las cartas de Carlos por el perfume.

La muchacha, temiendo que su padre oyera, arrancó desesperada la misiva de las manos de la mujer y empezó a leer:

Buenos Ayres, Octubre 22 de 1843
Mi amada Felicitas

Corazón... me destrozaste el alma. ¿Qué quieres hacer de mí? Me amas pero me haces padecer... No quiero incomodarte con mi escritura... Llenas mi alma de esperanzados sentimientos y, cuando creo que después de mis trabajos, disgustos o desamores diarios de mi triste suerte, puedo encontrar a una persona en quien tenía fundada toda mi felicidad, ésta se propone aumentar mis disgustos y hacerme sufrir con más violencia...

...Mi corazón se llena de desasosiego al pensar sólo en estos tristes e injustos acontecimientos. Tendré paciencia hasta que la razón no pueda sobreponerse a la fuerza del espíritu.

¡Ay, Felicitas, me matas! ¡Cuántas cosas tristes se presentan a mi memoria! ¡Quieres matarme, lo veo! ¡Y pienso que lo conseguirás! Ya no soy Carlos, sólo soy un ente despreciable para ti; no haces ningún mérito de mi persona... Yo tengo razones de sobra para decir que no me amas, pero Dios y el mundo dirán que te amé de veras.

...Vuelve, reflexiona y mira por un momento lo que haces. Si quieres huiré de tu presencia. Si es que estoy de más... ¡entonces no nos veremos hasta la Eternidad! ¡Ya es tiempo! Sí, Felicitas, ya es tiempo bastante el que ha transcurrido para que hayas formado tu idea; si ella no es fatal...

No te diré más. Mis labios no se abrirán ya para la más leve queja. Si algo quieres, si algo sientes toma papel y pluma, como hoy yo lo hago, para manifestar los sentimientos sin rubor. Pero ten presente que no daré más treguas al tiempo. Obraré conforme te he dicho: callaré y mi sentimiento me confundirá. Entonces lejos de ti... Dios mío, ¿qué debo esperar?... ¡Horror me causa!

Si quieres todas tus cartas te las daré. Las mías no las quiero; haz de ellas el uso que quieras, no me da ningún cuidado. Quienes las lean sólo verán en ellas que mi amor ha sido verdadero, sincero y puro. No quiero que te conduelas de mí...

¡Adiós, adiós, Felicitas! Si ha de ser ésta la última vez, te daré un adiós nacido de lo más íntimo de mi alma. Un adiós de amor.

¡Adiós! Tuyo, el más desgraciado

Carlos

Se levantó decidida. No podía perder ni un minuto más. Tenía que hablar con sus padres. Se reunió con ellos y sin necesidad de prólogos les comunicó:

—Lo quiero. Carlos Guerrero es un hombre de bien y muy trabajador. Hace apenas cinco años que llegó de España y ya se ha empezado a comprar sus propias lanchas —su voz se henchía de orgullo—. Me quiere. Nos hemos visto pocas veces, en contra de nuestra voluntad, pero nos hemos escrito mucho. Así fuimos conociendo nuestras almas, que cada día se sienten más cerca. ¿No pueden entendernos? Nos queremos casar —la joven empezó a llorar.

Los padres se miraron. Doña Catalina se acercó a su hija, besó su cabeza y se retiró con su marido a sus aposentos para conversar a solas.

Cayó la noche. Felicitas, que aún permanecía en la sala, pidió a una de sus criadas que encendiera un brasero. A pesar de que era primavera estaba fresco. Se sentó junto al fuego y empezó a releer las cartas de su amado, que había guardado en una caja de sándalo. "...No dudes de mí. Te quiero más que a mi vida...", le escribía con una letra pareja y prolija que hablaba de un hombre organizado y seguro de sí mismo. Las palabras de Carlos le entibiaban el alma, la acompañaban en los momentos de inquietud. Cuando estaba ensimismada en sus pensamientos y en el silencio de esa noche de octubre, la sorprendieron unos tenues pasos:

—Hola, hermanita. ¡No llores más! —era Tránsito, que se había escapado de la cama.

—¿Qué haces a estas horas?

—No podía dormir. Como no te vi en el comedor, vine hasta aquí —contestó mientras se sentaba muy oronda al lado de Felicitas.

Tránsito era una nena curiosa, simpática y muy bonita. La carita redonda como la de su padre y una nariz respingada la hacían aun más graciosa.

—¡Mi niña adorada! —le dijo al abrazarla—. Todo está bien! Ya no lloro.

Y era verdad. Confiaba en que Dios se ocupara del gran amor que sentía por Carlos.

—¡Y ahora vamos! ¡Sé buena niña! Ve a tu cama que el ángel de la guarda te cuidará.

Tránsito le dio un beso y se fue a dormir. Felicitas suspiró al seguir leyendo. Al rato interrumpía la lectura: las voces de sus padres se acercaban. Se irguió en la silla como un condenado que se prepara para recibir el veredicto.

Se adelantó el padre y habló:

—Hemos decidido aceptar que el joven Guerrero te visite dos veces por semana, de cinco a siete de la tarde; en esta sala y acompañada por tu familia.

La muchacha saltó para besarlos.

—¡Gracias, tata! ¡Gracias, mamita! —lloraba y se reía al mismo tiempo. Era feliz.

Después de ese día hubo un largo silencio. La muchacha estaba desesperada. Quería averiguar, pero nada. Ignoraba que su joven enamorado había tenido que huir a Montevideo a causa de las persecuciones políticas. Allí lo esperaban sus grandes amigos, Bernabé y Martín, que estaban en el país hermano desde pocos meses atrás. Para poder cruzar el Río de la Plata Carlos José fue ayudado por un gran colaborador suyo de apellido Molina.

En Montevideo pudo conversar con Echeverría en el salón de Mariquita Sánchez. Allí escucharon, leídos por el mismo autor, los primeros versos del "Canto del Peregrino". José Mármol expresaba en su lírica:

Hijo de la desgracia el Peregrino
ha confiado a los mares su destino:
y al compás de las ondas y los vientos
el eco de sus tristes pensamientos
vibrará por el mar. Él su grandeza
cantará entusiasmado, la belleza
de la espléndida bóveda estrellada,
con el alma ante Dios arrodillada;
y cantará también sobre los mares
la libertad, su amor y sus pesares.

Poco tiempo después Álzaga se despedía para seguir a Brasil y Carlos José volvió a Buenos Aires. Sólo Bernabé continuaría en Montevideo. El exilio, que ahora los separaba, los había hermanado aun más.

Guerrero regresó a la Argentina. El sueño de amor por la señorita Cueto revivía en su corazón. Después de aquella suplicante carta se había ido sin esperar respuesta, tal vez más por miedo al abandono de su amada que a las persecuciones políticas. La distancia y el dolor lo habían fortalecido. Ahora sí lucharía por ese irremediable amor.

Ni bien llegó le fue entregada una carta de su familia. Sus ojos se empañaban de emoción al leer: "Alahurin, Abril 28 de 1844. Mi querido Carlos...". Las palabras del padre denotaban que lo extrañaba mucho. Con letra pequeñísima, casi ininteligible, quería persuadirlo de que regresara. Después de la despedida, en la misma hoja le escribía su cariño Ana Joaquina. Debajo de la firma de la hermana estaba el mensaje de su madre: "...por Dios te pido que no olvides a tus pobres padres y hermanita. Adiós, recibe el corazón de tu madre que desea abrazarte. Antonia".

Empezó a buscar a Felicitas pero no la encontraba. Su fiel amigo Romero le contó que la desilusionada muchacha se había retirado a la quinta de San Isidro con su madre. Allí pasaba las tardes bordando en silencio. No podía aceptar que después de obtener la aprobación del severo padre su amado hubiera desaparecido.

Una tarde Elías se ofreció a acompañar a Carlos hasta San Isidro.

El joven iba nerviosísimo.

Cuando llegaron un sirviente les abrió el portón de hierro. Esperaron en el parque. El joven Guerrero caminaba hacia el río. La brisa lo apaciguaba. El color del agua, mucho más. Estaba de espaldas a la entrada de la casa. Se detuvo ante un rosal. Sin pensarlo arrancó una flor. Esta vez fue él quien sintió una presencia perfumada detrás de sí que lo obligaba a darse vuelta. La belleza de su amada lo envolvió. Se abrazaron sin palabras. La rosa engalanaba la larga cabellera de Felicitas. De la mano llegaron hasta la sala donde los recibieron doña Catalina y Elías. Más tarde tomaron el té haciendo proyectos. Silvio, el hermano de la prometida, le comunicó la decisión del padre: la visitaría en la casa dos veces por semana.

El noviazgo se oficializó el sábado siguiente por la noche con una comida en la casa de la familia Cueto.

Pero este apasionado amor no saciaba su sed de presencia con dos horas, dos veces por semana; por lo que siguieron escribiéndose diariamente.

Después de unos meses él ya quería fijar fecha para la boda. Ella quiso esperar al siguiente Corso de Flores.

La primavera de 1844 se presentaba soleada y calurosa. Felicitas planeó una sorpresa para Carlos. Se pondría el mismo vestido con que lo había conocido.

El día del Corso de Flores la muchacha estaba radiante, luciendo el traje de seda color marfil y la bata bien ceñida. Esta vez se puso unas gotas de agua de colonia francesa sobre sus hombros desnudos y unas flores sobre la cabellera rubia. Una pícara sonrisa se dibujaba en el rostro mientras viajaba con su mamá y sus hermanas hacia Palermo. Hablaban, ella no las escuchaba. Adelante, en otro carruaje, iban don Manuel, un amigo y Silvio.

Lluvia de flores multicolores y risas juveniles los recibieron. Felicitas buscaba con su mirada a su amado Carlos. Pero nada. Creía verlo en cada hombre que caminaba. Pero no. No había ido a la cita. Cuando estaba a punto de convencerse de que Carlos no estaba, de pronto, en el medio de la multitud reconoció la alta figura de su amado abriéndose paso casi corriendo. Sus cabellos oscuros, desordenados por el apuro, caían sobre su frente haciendo más seductoras sus facciones.

—¡Corazón, perdóname! Mi carruaje tuvo un percance. Uno de los caballos cayó muerto. Yo tenía que llegar... —al verla tan hermosa no pudo continuar hablando, tomó sus manos y las besó con dulzura diciendo:

—¡Te amo! ¡Te amo, maja!

—¡Y yo también, mi Carlos!

Tomados del brazo pasearon su felicidad entre la algarabía y el perfume de las flores.

Al anochecer volvieron a Buenos Aires y ya en la casa de

la familia Cueto, quienes vivían en el número 201 de la calle Universidad entre México y Chile, sentados en la sala y tomando un buen jerez hablaron de la boda. Se casarían el 11 de enero en San Ignacio.

Los prometidos se despidieron con un suave beso robado a la intencionada distracción de doña Catalina. Esa noche el joven Guerrero se acostó con la imagen de su amada y su preocupación por el trabajo. Quería llegar a tener la flota marítima que había soñado desde niño. Ahora con más razón, ya que deseaba fundar una familia.

Desde su llegada al país había logrado hacerse de una posición económica y de buenos amigos. Entre ellos Francisco Casares, un importante comerciante maderero, quien lo abastecía del material para los barcos de su flota. Era de origen vasco. Había nacido en España en 1804. Sus padres eran don Francisco Antonio Casares y doña María Cruz de Murrieta. Su hermano, Vicente Casares, había llegado a Buenos Aires unos cuantos años antes que él.

La inteligencia y don de gentes de Guerrero hicieron que familias tradicionales como las de Ocampo, Sáenz Valiente y Demaría lo recibieran en sus salones. Participaba de las tertulias en la casa de Senillosa, donde había aprendido a bailar el cielito criollo con relación.

Y ahora este país le brindaba la oportunidad de echar raíces desposando a una bella porteña.

El día de la boda la casa de la familia Cueto era un revuelo. Se casaba la hija mayor de Catalina y de Manuel. Una rica torta de bodas fue elegida por la madre; los mejores vinos, por el padre. En la casa los esperaba un banquete con suculentos platos. Las puertas de la Basílica de San Ignacio se abrieron. Trajes, mantillas y abanicos giraron a un tiempo hacia Felicitas. Ella avanzaba del brazo del padre. El tul del tocado cubría su rostro sonrojado por la emoción. Al caminar, el tafetán blanco provocaba destellos con sus perlas y flecos. La novia sólo veía la elegancia de Carlos. Él la esperaba en el altar con su amor para toda la vida. Con un "Sí, quiero" se retiraron de la iglesia.

Carlos extrañó a sus amigos y compañeros de exilio. Alguien le trajo noticias de Bernabé: aún permanecía en Mon-

27

tevideo aunque ya hubiera querido pasar a España, y Martín se había trasladado a Brasil.

Al día siguiente viajaron a la quinta de doña Catalina en San Isidro. Durante una semana la casa cobijó la pasión de los recién casados.

Llenos de ternura y proyectos volvieron a Buenos Aires. Llegaron a la calle México, donde estaba la casa que el señor Cueto les había regalado, ubicada a pocos metros de la esquina donde se habían conocido.

Atravesaron el zaguán. Carlos abrió la suntuosa puerta de hierro. Felicitas miraba a su esposo sonriendo. Caminaron abrazados por los patios que custodiaban paraísos y jazmines. Desde ese momento empezaron a planear los arreglos de su nuevo hogar.

—Mamita, por favor, necesito plantas de la quinta para el jardín —pedía la nueva señora.

—¿Qué te parece si ampliamos la sala? —le preguntaba a su esposo.

—Mira este aljibe de mármol de Carrara, ¿te gusta para el patio de adelante? —decía Carlos.

A los pocos meses empezaron a notarse los cambios. La sala lucía hermosa con la luz que regalaban los tres ventanales que daban a la calle. La vistieron con muebles suntuosos y ricos cortinados.

Era mayo. El atardecer de la casa tenía perfume de incienso, señal de braseros encendidos. Con frío y tenues lloviznas se anunciaba el invierno y el hogar Guerrero Cueto esperaba un hijo.

—Sí, vamos a ser papás —le anunció Felicitas a su esposo.

Carlos abrazó feliz a su mujer.

—Ojalá que el primero sea varón —dijo.

Ella, complaciente, asintió con la cabeza mientras se abrigaba con su chal de cachemira.

Los síntomas del embarazo aparecieron a las pocas semanas. Entre mareos y desmayos Felicitas tejía y bordaba junto a su madre.

Una noche, el matrimonio Casares los había invitado al teatro para ver una zarzuela. Más tarde, mientras tomaban un café en la casa de la familia amiga, que vivía sobre Venezuela, la señora de Guerrero se sintió descompuesta. Carlos la sostenía con fuerza para que no se desmayara. Cuando regresaron a su casa, al verla tan mal una de las criadas exclamó:

—Señora, ¿qué le ocurre? ¡Virgencita! ¡En qué estado llega usted!

La acostaron. Luego le sirvieron una tila. Al rato se sintió mejor y pudo conciliar el sueño...

"Felicitas caminaba por una extensa llanura. Llevaba de la mano a una bellísima niña. A medida que avanzaba su hija iba creciendo. La veía bailar y cantar. El sol era increíble. De pronto, todo se oscurecía. Un ensordecedor estruendo hacía caer a su hija en un oscuro abismo..."

—¡No! ¡Noooo! —gritó sentándose en la cama.

—Seora, ¿qué pasa? —preguntó asustada una de las criadas.

—No te preocupes, fue sólo un sueño.

Felicitas volvió a dormirse.

Esa pesadilla se repitió varias veces durante unos cuantos meses. Hasta que empezaron a alternarse con otras donde la niña-mujer salía del abismo para pasearse como una bella estela de luz sobre campos poblados de fuerte ganado, inmensos cultivos, bosques de ensueño, todo rodeado del intenso azul del mar...

El jueves 26 de febrero de 1846 abría los ojos a la vida Felicitas Antonia Guadalupe en medio de una fuerte tormenta de verano. Cuando se retiraba la partera el cielo estaba diáfano. Iluminaba un rayo de luz el perfecto rostro de la criatura en brazos de su madre, quien desde ese día sería llamada doña Felicitas.

2

SUEÑOS Y MORDAZAS

Era una mañana soleada de diciembre. Alrededor de las diez se empezó a escuchar un alboroto en la cocina. Doña Felicitas atravesó el segundo patio que comunicaba la parte de adelante de la casa con la de atrás, donde residía la servidumbre. Llegó al comedor diario, desde donde pudo divisar a criados y criadas haciendo preguntas a una mulata. Seguramente sería una muchacha de alguna estancia vecina de su madre, doña Catalina, quien pasaba largas temporadas en San Isidro. Tal vez la había mandado su madre, pues se necesitaba una buena nana para Felicitas y no era fácil encontrarla. La dueña de casa sólo podía ver el verde de una enagua de bayeta que se movía de aquí para allá entre el alborotado grupo.

—Vamos. ¡Déjenla tranquila! —les pidió la señora de Guerrero.

Lentamente se fueron abriendo como oscuro abanico. En silencio se colocaron a ambos lados de la desconocida. Ella era de estatura mediana pero seguramente su anterior ama, que le había obsequiado ropa que ya no usaba, sería más baja ya que la corta falda dejaba ver unas bien torneadas piernas. Sus pies descalzos se apoyaban sobre los rojos mosaicos con la firmeza de quien siente un lugar como suyo. También la blusa amarilla le quedaba corta y pequeña. Apenas podía cubrir los voluptuosos senos. Estaba inclinada en señal de respeto.

—¿Cómo te llamas, muchacha?

—Edelmira, seora.

Levantó la cabeza y le sonrió por primera vez a su nueva ama exhibiendo una intensa ternura.

—Acércate. Y tú, Dora, ve a traer a mi niña.

Después de dar estas indicaciones doña Felicitas se sentó. Todavía se estaba restableciendo de su segundo parto. Esta vez había sido un varón, se llamaba Carlos como el padre.

Pocos minutos después apareció la criada con Felicitas de la mano. La nena tenía casi dos años. Lucía un vestido de piqué blanco adornado con pasacintas de color rosa. Sus grandes ojos oscuros se dirigieron hacia la negra.

—¡Qué linda es! —dijo Edelmira sin poder contener la simpatía que inmediatamente le había despertado la criatura. Sus facciones eran delicadas y armoniosas; su piel, mate pálido. El cabello castaño oscuro rozaba con bucles sus hombros. El cuerpo de la mulata inclinado hacia la nena era más que elocuente.

—Tú serás la nana de Felicitas. Tómala en tus brazos.

Con la intuición que caracteriza a los de su raza supo que ése era el momento más importante de su vida. Tuvo la convicción de que había vivido treinta y dos años sólo para ese instante. Su madre y su abuela le habían enseñado, allá en la quinta de sus patrones, a escuchar las señales de la sangre cuando baila dentro del cuerpo. Sin esperar más extendió sus brazos fuertes para recibir a la preciosa carga. La niña empezó a jugar con sus motas casi azuladas de tanta negrura. El fuerte sol caía sobre la criatura y su nana. La negra reconoció el calor y la energía de las lejanas tierras africanas de sus ancestros. Empezaron a reír: un tácito pacto de lealtad y cariño se había instaurado entre las dos.

Edelmira empezó a cuidar con entrañable cariño a la pequeña. Durante el día vigilaba sus juegos, arreglaba su ropa y por las noches velaba sus sueños.

Duérmete mi niña
con un dulce sueño.
Duérmete mi niña
con un largo beso.

Duérmete mi niña
entre los luceros.

31

Duérmete mi niña
que eres muy pequeña.

Todas las noches le pedía:

—Más, cántame más. —Y la nana repetía una y otra vez la misma canción de cuna hasta que las dos se quedaban dormidas.

Cada año nacía un hijo en la casa de la calle México. Después de tres inviernos una tarde fría de agosto la criada y su amita muy arropadas dormían la siesta cuando se escuchó:

—¡Edelmira, Edelmira! ¿Dónde está la niña Felicitas? ¿Todavía descansando? Pero, ¡caramba! Es hora de merendar.

—Sí, seora. Ya voy, seora... Como usted mande, mi seora —decía la negra mientras saludaba con la cabeza. Caminaba sin darse vuelta hasta que tropezó con el aljibe que estaba detrás de ella. Se cayó mostrando la blancura de sus calzones.

—¡Ja, Ja, Ja!... Edelmira, ¿qué pasó? —preguntó risueña la nena que con el ruido se había despertado. Al salir al patio vio a su nana en graciosas piruetas para levantarse.

—Niña, no diga nadita a su seora mamá. Y vaya rápido: la leche y los panecillos se enfrían.

En la sala la estaban esperando sus amiguitas. Las niñas de Montes de Oca, de Tagle, de Casares frecuentaban la casa de los Guerrero acompañadas por sus mamás y sus nanas. Carlos quería que sus hijos se trataran con lo mejor de la Gran Aldea.

—Hay que ocuparse desde niños de todos estos asuntos. Después crecen y vaya a saber con quiénes se casan o se asocian —le decía con frecuencia a su mujer.

—Lo que tú digas. Para eso estamos los padres, para velar por la seguridad de los hijos —respondía doña Felicitas.

De entre ellas, Albina Águeda Casares y Rodríguez Seguí era la preferida. Rubia, delgada y tímida había nacido el 5 de febrero de 1843. Era hija de Francisco Antonio Casares y Facunda Rodríguez Seguí. La amiga, por ese entonces, tenía ocho años, tres más que Felicitas.

Las niñas revoloteaban alrededor de la pollera roja de la criada.

—Vamos a merendar. Sus mamás las esperan en el comedor.

Entre risas los chicos disfrutaban en la mesa. A un costado una nana daba el biberón a Antonia, mientras la abuela Catalina le sonreía a María y la señora de Guerrero acariciaba a Catalina, recién nacida. Carlos Francisco, delgado e inquieto como su padre, comía con rapidez y salía corriendo a jugar al patio. Entre tibiezas de leche hervida, olor a pan fresco y lavanda iba creciendo la familia.

Felicitas tenía un espíritu inquieto y una mente muy creativa. Inventaba numerosos juegos donde ella era reina. Albina la admiraba por su don de mando. A su hermanito Carlos le gustaba ayudarla cuando organizaba clubes o sociedades.

Pero llegó el tiempo en que Felicitas debió, como todos los niños, poner reglas a sus juegos y límites a su creatividad para ir a la escuela. El 11 de marzo de 1853 amaneció nublado y lluvioso. Felicitas salió de la mano de su mamá y de su nana. Caminaban por la calle Perú cuando se detuvieron frente a una casa pintada de color verde cotorra, que tenía un tablero colorado donde podía leerse: "Escuela de niños y niñas". Las hermanas Rodríguez, quienes ejercían el cristiano precepto de enseñar al que no sabe, recibieron a madres y discípulos el primer día de clase.

Misia Margarita fue su maestra de primer grado y tuvo la tarea de enseñarle las letras del abecedario. Primero hizo recitar, con "cantito y todo", cada una de las letras con total precisión si no quería sentir "la caricia" de la panoplia disciplinaria —látigo, rebenque o palmeta.

Después pasó a la memorización de las sílabas. Cada noche silabeaba el padrenuestro con su nana.

—¡Ay no, Edelmira! ¡Tengo sueño! —le rogaba la niña.

—¡Por favor, amita! Un poco más —le pedía la criada—. A ver: p-a, pa...,

—¡Ufa! P-a, pa...

—D-r-e, dre...

—D-r-e, dre...

—Pa-dre.

—Pa-dre.

Así se quedaban dormidas Felicitas y su nana.

Cuando las dos recitaron con absoluta corrección todo el rezo, aunque Edelmira era analfabeta, la niña pasó a aprender a leer y escribir con el libro *Amigo de los niños*.

En aritmética llegó a las cuatro reglas primarias de la mano de misia Eulogia y a hacer manualidades con las agujas e hilos de colores de misia Inés. A los nueve años le hizo bordar el alfabeto con punto cruz en diferentes caligrafías, el que abandonó en la G de la serie de las mayúsculas seguramente para no morirse de aburrimiento. Esta falta de obediencia le costó una castigo: no pudo comer dulces en caldo por quince días ni alfajores ni masitas con dulce de leche durante un largo y atormentado mes.

A Felicitas la fascinaban el canto y el baile. Cuando no las veían ella inventaba canciones para que Edelmira bailara. La negra tenía el ritmo de su raza en la sangre y la piel, se movía con una gracia difícil de imitar por un blanco.

—Cuéntanos de tus candombes —pedían a dúo Felicitas y Albina.

La cara de la negra se iluminaba al relatar los bailes de los domingos y días de fiesta cuando era más joven. Iba con amigos y familia desde media tarde hasta altas horas de la noche.

—¡Oh! Los tambores, los cantos, los gritos... —cerraba los ojos y empezaba a mover su talle y sus ahora gruesas caderas.

Las niñas la observaban embelesadas y la seguían en el contagioso ritmo. Al rato, sentadas sobre la alfombra de la habitación de doña Felicitas, les relataba que había conocido a Manuelita Rosas. La hija de Rosas había concurrido varias veces a esos candombes invitada por sus directores. La recibían con entusiasmo y la colmaban de atenciones.

En una ocasión, cuando estaban bailando, escucharon que los grandes se preparaban para salir. Era el 25 de mayo de 1856. El matrimonio Guerrero, después de advertir a las nanas que llevaran a dormir a sus niños, se fueron al baile de inauguración del Club del Progreso. Esta institución se creaba en el conflictivo período comenzado en Caseros, donde urquicistas y porteñistas, tras etapas de persecución y violencia, se movían dentro de una sociedad con posturas irreconciliables. Fue en el mes de marzo de ese año, con el reciente suceso de la batalla de Caseros, cuando Diego de Alvear, hijo del vencedor de Ituzaingó, reunió a cincuenta y seis vecinos con la propuesta de crear un club. La intención de este organismo era promover el espíritu de asociación convocando a los hombres más respetables del país y del extranjero. Propiciaba la discusión para mancomunar esfuerzos tendientes al crecimiento espiritual y material del país.

Después de la inauguración, realizada el 1º de mayo, se abrían las puertas del Club del Progreso para su primer baile. Para esa ocasión Catalina Montes de Oca fue admirada por su elegante sombrero de terciopelo negro adornado con plumas y encajes. El gran salón del primer piso, iluminado a esperma, recibió la belleza rubia de doña Felicitas con su túnica de gasa. Sus hermanas menores, Tránsito y Valeria, bailaron luciendo vestidos de raso.

Al día siguiente los hombres de la casa tomando unos mates comentaban las notas aparecidas en el diario *El Progreso,* que había sido fundado por Diego de Alvear con la colaboración de Delfín Huergo para propagar las ideas del club. Carlos le recordaba a su suegro las afirmaciones del primer número:

—Escuche, esto es lo que está necesitando el país: "la discordia disuelve y no amalgama, excita las malas pasiones, debilita la acción del gobierno y rompe el lazo que debe unir a los pueblos cuando más necesitamos estrecharlos" —leía con verdadero fervor.

—Estoy totalmente de acuerdo, mi querido yerno —respondía don Manuel—. Es hora de que porteños de diferentes tendencias políticas tengan este espíritu de conciliación para llegar al mejoramiento moral y económico del país.

—Esto es lo que estábamos necesitando —volvió a decir Carlos antes de seguir leyendo en voz alta—, porque los principios del Club invitan a dejar el egoísmo y a proteger el trabajo.

Pero la palabra "Progreso" del club y su diario era el mágico puente que uniría todas las tendencias y aspiraciones para llegar a acceder a la ciencia y a la técnica que venía de Europa y que era sinónimo de prosperidad.

En el patio delantero las mujeres recordaban el gran baile de la noche anterior. Los cronistas comentaban en los diarios la majestuosidad de la fiesta. Doña Felicitas releía ya con nostalgia la nota aparecida en *La Tribuna,* donde se describía el lujo de la noche de apertura del club.

Felicitas la escuchaba haciéndose la distraída. Saltando alrededor del aljibe ensayaba pasos de baile. Tarareaba una canción. Ella amaba la música. Ya no le alcanzaban las clases de canto de la escuela. Al enterarse de que un pariente lejano de Edelmira era maestro de piano empezó a insistir para que lo invitaran a su casa. Quería convencer a sus padres para que lo contratasen. La niña quería tocar algún instrumento y cantar.

El famoso maestro era un pardo llamado Roque Rivero, conocido por "Roquito". Después de mucha insistencia los señores Guerrero aceptaron que su hija tomara estas clases.

Cada vez que su mamá le anunciaba: "¡Felicitas! Llegó tu maestro de música", ella no se hacía rogar. Salía corriendo al encuentro de su querido Roquito.

A veces le daba clases de piano, otras de guitarra y siempre de canto. Disfrutaba entonando cielitos y villancicos.

Con dulzura de estilo solía acompañarse de guitarra para cantar su composición favorita:

"La música, arte divino"

Ella nos hace soñar
Con el ser a quien amamos,
Y si un suspiro exhalamos
Junto aquel ser va a parar;
Quién tranquilo ha de escuchar
Una triste melodía
Y ante esa dulce armonía
Que embarga nuestros sentidos
Por la cual tiernos gemidos
Brotan, ¡quién no se extasia!

Ella es emblema de amor;
Ella todo lo embellece.
Es un bálsamo que ofrece
Ratos de dicha al dolor.
Es rocío bienhechor
Para los tristes mortales;
Ella disipa los males
Que agitan nuestra existencia,

Con ella á la omnipotencia
Cantan coros celestiales.

Cuando terminaba, sus hermanos, que habían crecido en edad y en número —Carlos, Antonia, María, Catalina, Luis, Antonio y Manuel— la aplaudían con entusiasmo.

—Muy bien —exclamaba su amiga Albina.

En un rincón la admiraba en silencio Cristián, hijo de Rosario Pastor y del escribano, pintor y escritor Bernabé Demaría. El chico, tímido, delgado y muy inteligente, era tres años menor que la muchacha de sus ensueños.

Cada vez que concluían las lecciones Felicitas rogaba:

—Roquito, ¿ya terminó la clase? Por favor, quédese un poco más.

—Disculpe, señorita Guerrero. Me complace su entusiasmo y esmero pero se me hace tarde. Otros discípulos me esperan.

Este diálogo entre el maestro y su alumna se repitió durante los tres o cuatro años que duraron las clases.

La música era el tema que ocupaba a la familia Guerrero el atardecer del 24 de abril de 1857. Después de dos años de arduos trabajos se iban a abrir las puertas de un fastuoso teatro que se llamaría Cristóbal Colón. Se había levantado sobre el que fuera solar de Garay allá por los primeros tiempos de la Conquista en el llamado "Hueco de las Ánimas". Decían que almas en pena deambulaban sin poder regresar a su lugar ni tampoco incorporarse a la vida de la ciudad. El sitio, que se caracterizaba por la soledad y el abandono, estaba frente a la Plaza Mayor. El teatro se edificó en el local que hasta 1855 había ocupado desde principios de siglo el Viejo Coliseo.

En el escritorio de Carlos Guerrero conversaban sobre este trascendental hecho mientras tomaban un chato de manzanilla Francisco Casares, Martín de Álzaga y Bernabé Demaría. Afuera caían las primeras gotas de lluvia acariciando el ocre de la alfombra de hojas secas. Adentro, una sonata de Mozart era el telón adecuado para el animado diálogo.

—Mañana sábado podremos disfrutar por fin de una noche de ópera en el nuevo teatro —expresaba Guerrero.

—Parece que es una belleza. Para su construcción se ha invertido una suma fabulosa de dinero —agregó Álzaga.

—Pienso que tal vez fue una imprudencia gastar un capital semejante en este momento con los problemas económicos que sufre nuestro país —advertía con el rostro adusto el señor Casares.

—No estoy de acuerdo, mi querido amigo —dijo Demaría trayendo un periódico en la mano—. Lean este artículo periodístico donde Carlos Pellegrini asume toda la responsabilidad por el costo del Colón, que resultó dos millones mayor a lo presupuestado. Pero este gasto no es el culpable de la situación del país. Sostiene que el problema reside en las discordias políticas, las guerras y los sitios que cierran las puertas de los teatros —con fervor Bernabé seguía defendiendo a los que habían hecho realidad el sueño de que Buenos Aires tuviera un escenario lírico sin igual en toda América, a quienes solamente se los podría culpar por un exceso de amor a lo bello.

En el comedor las mujeres se reunían alrededor de una salamandra perfumada con incienso. Las campanas de San Ignacio repicaban a las siete de la tarde. Estaba fresco. Los chales de cachemira envolvían las figuras de doña Felicitas, la señora de Casares, Tránsito, Valeria y Rosa.

—Ya han llegado al país el tenor Enrico Tamberlick y la soprano Sofía Vera Lorini para cantar "La Traviata" en la noche inaugural —comentó con entusiasmo la dueña de casa.

Felicitas, quien había estado escuchándolas con interés desde el dintel de la puerta, fue a sentarse sobre un mullido almohadón de brocato azul a los pies de su tía Tránsito. La niña, ya de once años, lucía un vestido de lanilla rosa, y el pelo suelto con un moño celeste. Sus dedos jugueteaban con los rulos mientras pedía:

—Cuéntenme algo más sobre el teatro de Colón. Me parece emocionante. Mañana será el gran día —sus ojos oscuros se fijaron en la tía.

—Mira, dicen que tiene una enorme araña que pesa cuatro toneladas con 450 picos de gas. Me contaron que llegó a Buenos Aires el 20 de octubre del año pasado en la nave "Don Quijote" desde El Havre. Se llama Lucerna y es la primera vez que un teatro no será iluminado a vela sino a gas. Parte de la decoración fue hecha por Cheronetti y Verrazi, que se encargaron de adornar el techo con ninfas y cariátides. ¡Estoy deseando que llegue el día de mañana para poder ver tanta belleza con mis propios ojos! —dijo Tránsito.

—¿Sabían? —preguntó Valeria—. Al tenor le han pagado la fabulosa suma de ciento cincuenta mil pesos.

—Mamá, ¿puedo ir yo también? —preguntaba Felicitas.

—No, m'hija. Tú eres muy niña aún para salir de noche —le contestó la madre.

Fue entonces que la jovencita dirigió la mirada hacia su tía preferida en busca de cómplice ayuda. Pero como respuesta sólo recibió un beso sobre su cabeza.

Caía la noche cuando se reunieron todos a comer un rico guiso de garbanzos acompañado por un buen borgoña. Después de saborear un café en la sala cada uno se fue a dormir pensando en la noche del día siguiente.

El sábado 25 de abril todo era agitación en la casa de la calle México. La familia Guerrero se preparaba para ir al Colón. Llegaron a almorzar los amigos de siempre para después salir juntos a la esperada función. Felicitas los miraba entusiasmada y no dejaba de hacer comentarios.

—Bernabé, ¡cómo me gustaría acompañarlos!

Demaría adoraba a esta niña plena de inquietudes.

—Te prometo que el domingo vendré a contarte todos los detalles —le dijo para tranquizarla.

Después de despedirse de sus niños Doña Felicitas y su marido salieron con los amigos hacia la plaza. A las siete de la tarde ya los esperaba el Colón con sus puertas abiertas. Mil ochocientos espectadores cubrían las plateas, palcos, cazuela y paraíso. Guerrero, Álzaga, Demaría y Casares se dirigieron hacia la platea mientras que las mujeres ocuparon los palcos de balcones.

La sala estaba iluminada por los cuatrocientos haces de luz de la famosa araña Lucerna. Los porteños empezaban a desplazar el alumbrado a vela por el de gas.

El fastuoso telón se abrió con los primeros acordes del Himno Nacional cantado por el tenor Tamberlick. Con los ojos llenos de lágrimas, doña Catalina miró a sus hijas:

—Nunca Buenos Aires ha tenido una noche de espiritualidad y arte como ésta.

Tránsito iba a hablar cuando la música de "La Traviata"

acalló los comentarios. La Lorini y Tamberlick fueron aclamados por la magnífica interpretación.

En el intervalo una lluvia de papelitos celestes y blancos cubrió la sala. Bernabé y Carlos José se miraron con los ojos húmedos de emoción mientras Martín saludaba con un cordial gesto al gobernador Pastor Obligado, quien estaba con sus ministros en el palco del gobierno.

Cuando regresaron todos juntos a la casa de la familia Guerrero, Felicitas los estaba esperando en la sala.

—Pero m'hijita, ¿qué haces a estas horas por aquí? —le preguntó muy serio el padre.

—Perdón, tatita, pero no podía dormir. Quiero que me cuenten cómo es el Colón —contestó.

Al ver esa escena Bernabé sonrió. Sacó un papel del bolsillo de su pantalón para dárselo a la jovencita.

—Aquí tienes el programa. Te lo regalo.

Ella le echó los brazos al cuello saltando de alegría.

—Vamos, niña, ya es hora de ir a la cama —le indicó la mamá.

—Pero, mamá, ¿por qué? Yo quiero quedarme —dijo con rebelde insistencia.

Fue entonces cuando intervino el padre, quien no comprendía por qué su hija mayor siendo mujer cuestionaba las órdenes.

—¿Por qué? Porque sí. Porque lo mandan tus padres, niña desobediente —le contestó acercándose amenazante.

Mientras los mayores se quedaban comentando en la sala con jerez, café y dulces, Felicitas se retiró a su habitación. Una vez allí acercó una vela para leer:

GRAN APERTURA
del
TEATRO DE COLÓN
Compañía del señor Lorini
Hoy Sábado 25 de abril
La ópera del célebre maestro Verdi en tres actos
LA TRAVIATA
El papel de Violeta por la Sra. Lorini
El de Alfredo por el Sr. Tamberlick

A las siete y media en punto
Nota: La boletería se abre hoy a las 12 del mediodía

Apagó la luz con un suave soplido y se durmió con el programa en la mano tarareando el brindis de "La Traviata".

La hija mayor del matrimonio Guerrero solía mantener interesantes conversaciones con don Bernabé. Ella lo admiraba. No podía entender cómo un hombre podía tener talento tanto para la literatura como para la pintura y las leyes. Cuando en el año 1859 se enteró de que Demaría estaba escribiendo una pieza teatral le pidió a su padre que la llevara con más frecuencia a la casa de su amigo. Cierta tarde de primavera supo que el autor estaba redactando la nota preliminar.

—Mi querida, mira: estoy escribiendo acerca del estancamiento en que se encuentran las artes, las letras y las ciencias —tomándola del hombro mientras caminaban por el jardín continuó hablando—. ¿Sabes? El factor decisivo del atraso fue la opresión a la libertad de pensamiento durante la tiranía de Rosas —con el rostro contraído por la preocupación la invitó a sentarse en un banco debajo del paraíso—. Mira, estoy bastante desalentado con respecto a nuestro teatro ya que los empresarios se niegan a pagar obras nacionales porque pueden disponer gratuitamente del buen repertorio europeo. Además es difícil que las compañías españolas quieran poner obras nacionales en escena.

—¿Qué solución hay para que nuestro teatro crezca? —le preguntó preocupada Felicitas.

—Muy buena pregunta. Todos estos temas los estoy escribiendo en la nota preliminar que se llama "Nuestra literatura". Allí digo que hay que impulsar a los escritores nacionales a que escriban acerca de los hechos de la historia argentina.

—¿Por eso está escribiendo *La América libre*? —le preguntó la jovencita.

—Así es, mi querida. Quedé impresionado por la figura de Belgrano, que conocí a través de la *Historia* de Mitre y lo he hecho protagonista de mi obra.

Todo el año continuaron las charlas de Felicitas con su amigo escritor. Siempre en silencio los acompañaba Cristián, niño tímido e inteligente. Felicia, como la llamaban los íntimos, supo así que Bernabé estaba plasmando en esta obra

41

tres actos que abarcaban desde el año 1808, con las primeras luchas de los patriotas por separarse de España, hasta terminar con los acontecimientos del 24 y 25 de mayo de 1810.

Después de intensos meses de trabajo Bernabé Demaría publicó su obra. Su familia reunió a todos los amigos en su casa para festejar la impresión de la obra en el año 1860. La señorita Guerrero estaba orgullosa de participar de la concreción de la pieza teatral sobre la que tanto tiempo conversara con su autor.

La jovencita, quien para ese entonces tenía catorce años, necesitaba expresar su alma inquieta y sensible. Su temperamento era extremadamente soñador. Por las noches le gustaba salir al patio de adelante. Caminaba entre las mágicas sombras. Su lugar predilecto era el sillón que estaba cerca del aljibe. Allí pasaba largos momentos aspirando el perfume de las glicinas, admirando el cielo estrellado o el misterio insondable de las noches de niebla... Entre suspiros cerraba los ojos para viajar con su imaginación.

—¡M'hijita! Es tarde. Hay que retirarse a dormir —ordenaba su padre.

—Ya voy, ya voy, Tatita —y mientras decía esto se iba enfurruñada a su dormitorio.

No podía dormir ni tampoco hablar con sus hermanas, con quienes compartía la habitación. Antonia tenía once años; María, diez, y Catalina, ocho; eran demasiado chicas para conversar de estos temas. No la entenderían. Por otra parte se acostaban muy temprano, y Felicitas, en cambio, permanecía despierta hasta muy tarde. Amaba y temía la oscuridad de la noche. Se sentía envuelta en un exquisito sortilegio bajo la luz de la luna. Necesitaba contarlo. Así fue como aquella noche decidió empezar a escribir su diario:

5 de diciembre de 1860
No sé cómo iniciar este diario. ¡Estoy emocionada! Por primera vez me confesaré sin miedos, sin vergüenzas...

¡Oh, Dios mío, cómo lo necesito!.. ¡Desahogarme! Sacar la llavecita del cajón secreto de mi tocador, tomar papel, pluma y... ¡Ya está!...

No quiero ser injusta. Albina... La vida me dio una buena amiga. Ella siempre me escucha. Nos conocemos desde que nacimos. Somos diferentes pero nos queremos muchísimo. Pero... esta noche, no sé. Es distinto. ¡Sensaciones nuevas! ¡Estremecimientos desconocidos! ¿A quién se los cuento? ¡Mañana tal vez sea tarde! Con la luz del día ya no será igual.

La noche... magia... sombras... estrellas. Quizá algún día encuentre al galán que me recite poemas en francés. ¡Hum...! Me tomará de la cintura... Me hará girar envuelta en un vals... Bajo la luz de la luna acariciará mi cara. Apasionadas cartas de amor.

Mi querido diario. Ni a Albina podría confesarle todo el fuego de mi alma. ¡Qué alivio poder escribirlo!...

Hasta mañana.

Felicitas se quedó dormida después de guardar cuidadosamente sus secretos: escondió la llavecita entre las hojas de un libro de poemas.

A la mañana siguiente Edelmira intentaba despertarla:

—Mi niña, ya es tarde. Su papá dice que sólo los haraganes se quedan en la cama.

De mal humor, como de costumbre, la joven se levantó. Tomó su leche en silencio, le costaba enfrentar el día.

Al rato se escucharon pasos. Los señores de la casa se acercaban. Felicitas levantó los ojos y los miró.

—Hija, dentro de pocos meses cumplirás quince años. Con tu padre queremos hacerte una fiesta —le anunció la señora Guerrero.

—Gracias, me encanta. Muchas gracias, tata.

Felicitas entraba en el mundo de los adultos. Empezaba a ser mujer. Tenía sueños, ilusiones, pero su padre había decidido su destino: la casaría con Martín de Álzaga.

En sus aposentos los señores Guerrero discutían el futuro de la hija mayor:

—Hay que casarla pronto. Es muy peligrosa una jovencita tan sensible. Puede caer en manos de algún pelele —advertía el esposo.

—Como tú digas. Ya lo creo que Álzaga es un hombre bueno y responsable. ¿Quién lo duda? Pero... —titubeaba la esposa.

—Mira, mujer. Elegí a un señor maduro para sosegar esa cabecita soñadora. ¡Es la primogénita, caramba! —expresaba Carlos con el ceño fruncido.

Doña Felicitas se paseaba por la habitación restregándose las manos. Estaba preocupada. Ambos querían lo mejor para su hija. De pronto se sentó al borde de la cama y le pidió:

—Carlos, por favor te lo pido, hablemos con Felicitas después de su cumpleaños. La conozco, esta noticia no va a ser de su agrado.

—Pero... yo le prometí a Álzaga... —caminó hasta la ventana. Después de unos instantes dijo—: ¡En fin! Será como tú digas.

La mañana del 26 de febrero de 1861 amaneció con cielo diáfano y sol radiante. La servidumbre corría de aquí para allá engalanando la mansión. Edelmira preparaba la torta mientras su ama se paseaba por la cocina. Felicitas se sabía hermosa y deseada. ¿A quién elegiría? Soñaba con un hombre joven, apuesto, inteligente y tal vez algo distante. Sí, alguien que no la mirara tan embobado ni que tartamudeara o se sonrojara al saludarla. Todos le parecían demasiado obvios. Íntimamente esperaba que apareciera un ser algo inaccesible, apasionado y seguro de sí mismo, como los de las novelas que a ella tanto le gustaban.

Esa semana estaba leyendo *El poeta*, de José Mármol. Se lo había prestado su tía Tránsito. Ella le había comentado que había sido un éxito cuando se estrenó en el teatro Nacional de Montevideo, allá por agosto de 1842. La muchacha imaginaba un amor así, como el de María y el joven poeta Carlos, pasión que los lleva al suicidio porque el padre la obliga a casarse con un anciano rico.

Felicitas leía en voz alta mientras se paseaba por la cocina:

ESCENA IV
María y Dolores
Dolores:
No, María, las mujeres
Tenemos crueles deberes
Que respetar, y ninguna
Puede separarse de ellos,
Sin esponer su decoro,

44

Que forma el solo tesoro
De nuestros años más bellos.
La sociedad no pregunta
Lo que hay en los corazones.

—¡Niña, niña Felicitas! ¿Me oye? —la nana miraba fijamente a la joven pero ésta no se apartaba de su apasionada lectura. Insistía—: Mi niña, le estoy haciendo la ambrosía que a usted tanto le gusta, ya están preparadas la mazamorra y la torta... —Edelmira hablaba y hablaba pero nada, la Srta. Guerrero seguía en su mundo literario.

Mira sólo las acciones
Y su dedo nos apunta
Dolores:
No recuerdas que tu mano
La dio tu padre...
María:
Y en vano
Hoy no puedo obedecerle.

Ese día la casa de la calle México estaba engalanada. Toda la servidumbre había trabajado afanosamente en la cocina y en el arreglo de la mansión. Hacía mucho calor. Por la tarde todos estaban durmiendo la siesta.

—¡Edelmira! ¡Edelmira! ¡Ven, te necesito! ¿Adónde te has metido, mujer? —ni bien se despertó Felicitas empezó a buscar a su criada.

Quería que la ayudara a probarse el vestido y a elegir las joyas para lucir esa noche. Recordó que desde el almuerzo no sabía nada de la negra. Sin esperar más se dirigió a la parte de atrás de la casa. Atravesó el primer patio. Su andar era seguro y elegante. Los zorzales cantaban la tarde con perfume a jazmines. Las plantas del jardín brindaban la voluptuosidad del verde estival.

Al entrar a la cocina otra vez gritó:

—¡Edelmiraaaa! ¿Dónde estás?

Ya iba a golpear a la puerta de la negra cuando escuchó unos gemidos:

—¡Ay, hombre! Aquí en la casa no... ¡Hum! ¡Cómo me gusta, Nicandro! —decía entre risas la mulata.

—Un poquito más, mi negra —rogaba jadeando el hombre.

Felicitas estaba quieta, muda. Sin pensarlo, empujó la puerta que estaba entreabierta. Entonces vio a la criada contra la pared. El negro le había levantado la falda. Sus manos exploraban los regordetes muslos de Edelmira.

El corazón de la muchacha palpitaba frenético. Cerró los ojos. Sabía que lo mejor era irse pero no podía moverse. Sonidos, olores, la atraían con la fascinación de lo desconocido, de lo prohibido... Estaba viendo copular por primera vez a un macho y a una hembra.

Abrió lo ojos. Esta vez las manos del hombre tocaban con fuerza los voluptuosos senos de la negra. Ella llevó la cabeza hacia atrás regalándole una enorme carcajada de dientes blancos. Su ama nunca la había visto reír de ese modo.

Felicitas tomó su pañuelo de cambray con puntillas para secar el sudor de su rostro. No sabía qué le estaba ocurriendo. No esperó más. Salió corriendo, pasó los patios, subió la escalinata y se echó a sollozar sobre su cama.

Cuando se calmó ya estaba dormida. A la media hora se despertaba. Tenía que desahogarse. En ese instante recordó su diario. El libro de poemas, la llavecita... empezó a escribir:

26 de febrero de 1862

No sé cómo decirlo. Me da vergüenza. Mi nana, mi Edelmira... se dejó tocar, morder... ¡Le gustaba! Su cuerpo se movía como cuando baila sus candombes. No entiendo. Tampoco comprendo... esto... la sangre corre rápida por mis venas, mis sienes... ¡Oh, Dios mío! ¿Qué es esto? ¿Qué me está pasando? ¿Está bien o está mal lo que hizo mi nana?...

Escuchó unos pasos. Alguien se acercaba a su cuarto. Cerró rápidamente su diario.

—¡Felicitas! ¿Estás bien, querida?

—Un momento, por favor, tía Tránsito.

—Bueno, ¡pero apúrate! Los invitados están llegando. Voy a recibirlos y a buscar a alguna criada para que te ayude a vestir. En un ratito vuelvo.

Al alejarse su tía la muchacha suspiró. Necesitaba un tiempo a solas para tranquilizarse. Temía que los demás leyeran en la expresión de su cara lo que estaba sintiendo.

Empezó a cepillar sus cabellos. Al rato llegaron dos criadas que la ayudaron a ponerse el nuevo miriñaque. Estrenaba un vestido de organdí rosa pálido que su mamá le había encargado a París. Era un traje "paquete", recién llegado desde Francia.

Por último se colocó el collar de perlas con broche de zafiro que le había regalado su abuela Catalina.

—Feliz cumpleaños, mi dulce sobrina —dijo Tránsito al entrar a la habitación—. ¡Qué hermosa estás!

La luna del espejo mostraba la imagen de tía y sobrina abrazadas.

—Vamos ya. Los invitados están deseando saludarte.

Bajaron la escalinata. En la sala principal de la casa la esperaban sus familiares y amigos. Allí estaban Albina Casares con sus padres, los Terrero, los Cascallares, los Demaría...

Las jóvenes lucían vaporosos vestidos. Sedas, tafetanes... conformaban un cuadro en el que predominaban los rosas, los lilas y los blancos. En cambio las mamás vestían sedas y tafetanes morados, negros y marrones habano.

—Mira el escote de la niña de Sáenz Valiente —decía una señora sin disimular su envidia.

—¿Qué me dicen de la de Terrero? Me han comentado que cambió otra vez de novio.

—¡Qué ajustado lleva el talle la señorita Cascallares!

Escándalos, maquillajes, escotes, novios eran los temas de las señoras.

—Basta ya de mirar a las hijas. ¡Me han cansado! —intervino Tránsito—. En lugar de poner sus ojos en las muchachas las invito a distraer su amable atención hacia esta crónica de *La Tribuna*:

Los volantes y los novios se usan dos para arriba. El andar y el pensar se usan a la ligera. Las navajas de afeitar y la murmuración, bien afiladas y cortantes. El peinado para las orejas y las protestas de amor se usan abultados por fuera y vacíos por dentro. El blanco y el carmín del rostro y la fideli-

dad se estilan enteramente artificiales. Los pañolones y las amigas se usan de dos caras...

NOTA: Las suegras, los pantalones de color canario, los abrigos de señora y los verdaderos amigos han caído en completo desuso.

—¿Qué les parece, mis queridas señoras? Si el cronista las hubiera conocido podría haber escrito unas cuantas cuartillas más —se levantó y con una triunfante sonrisa se fue a sentar con las más jóvenes.

Las muchachas cuchicheaban entre cómplices risitas.

—¡Si vieran! Lo conocí en la fiesta que dio la señora de Sáenz Valiente. Rubio con melena a lo trovador, elegante con su chaleco de terciopelo y su levita oscura. Se acercó para invitarme a bailar. Temblé de emoción... Y... bueno... ¡Quiere volver a verme! —comentó una de las niñas.

—Y yo conocí a un interesante caballero en los salones del Club del Progreso. Se bailaron polcas, gavotas y contradanzas. ¡Si vieran! Qué abanicos... había de plumas, de marfil y algunos llevaban incrustaciones de oro.

—Bueno, ¡basta de música y abanicos! Por favor, vuelve al tema que nos interesa —interrumpió Felicitas— ¿Quién es? ¿Cómo es tu misterioso galán? ¿Volverán a verse otra vez? —preguntó.

—Está bien, está bien... pero, ¡caramba! ¡Qué amigas tan curiosas! Él es... —le gustaba ser el centro de atención—. Él es... un Álzaga. Sí, el sobrino de don Martín. ¡Es tan encantador! —exclamó suspirando la enamorada.

Felicitas miraba a su amiga con admiración: "Ojalá me ocurriera algo similar. De ese modo podría volcar toda esta ternura que me inunda. Hasta hoy el hombre vive sólo entre las páginas de las novelas que leo por las tardes en el jardín. Cuando canto siento tanta emoción que todos mis sueños parecen corporizarse en las melodías que entono".

Su hermana Antonia interrumpió sus ensoñaciones:

—Felicitas, vamos que hoy es tu cumpleaños. Tocaré el piano para que tú cantes.

La homenajeada no se hizo rogar. Después de los primeros acordes su voz inundó la sala. En todas la fiestas era admirada por sus bellas interpretaciones. Todos aplaudieron.

—¡A brindar! ¡A cortar la torta! —invitó la dueña de casa.

Después de saborear los manjares amasados con el amor de Edelmira, Felicitas iba a tomar su guitarra cuando el padre ordenó:

—Hija, tus amistades se están retirando, ¿no te das cuenta? Ya es muy tarde. Por otra parte esta noche tengo que hablar contigo.

Una vez más el padre amordazaba la sensibilidad de la joven. Felicitas volvía a ser la disciplinada dama saludando a los invitados sin olvidar dar las gracias por la visita y el presente. Casi no se notaba en sus facciones el dolor causado por la actitud del señor Guerrero. Sólo Albina, que la conocía como nadie, pudo descifrar el lenguaje de su cuerpo. Nunca las amigas habían tenido necesidad de palabras para comprenderse, esa noche tampoco. La señorita Casares se despidió con un beso y una suave caricia en la cabeza de la homenajeada.

Todo era silencio. Sólo se escuchaba el andar de la servidumbre levantando la mesa.

En la habitación Felicia escrutaba su imagen en el espejo. Al rato la voz de la madre la sobresaltó:

—Tu padre te espera en el escritorio. Necesita hablarte. ¿Me escuchaste? —al no tener respuesta insistió—: Pero, ¿qué pasa? ¿Estás dormida, hija?

—Ya voy, mamita. ¡Ya voy! —la muchacha se dio vuelta bruscamente hacia la puerta haciendo caer el libro que estaba sobre el silloncito. Abandonado sobre la alfombra se quedaba *El poeta,* de Mármol.

Bajaron las escaleras. Madre e hija caminaban en silencio.

Al abrir la puerta del escritorio vieron a Edelmira, que había ido a llevar café. Por primera vez, desde el episodio de la tarde, Felicitas pudo mirar en los ojos a su nana. La negra tenía un brillo especial en su mirada. Su niña le sonrió.

Al verlas el jefe de la familia se puso de pie. A pesar de conservar su habitual seguridad se lo notaba muy nervioso.

—M'hija, tu madre y yo queremos lo mejor para ti y tus hermanos. Pensamos que ya es hora de ir eligiendo marido. —Mientras hablaba se apretaba sus inquietas manos. Después de un breve silencio dijo:— ¡Bien...! Don Martín de Álzaga está interesado en ti...

—¿Qué? —gritó la hija con horror. Indignada se dirigió hacia la puerta. Quería irse. Esa propuesta le parecía una pesadilla.

—¡Quédate aquí! —le impuso el padre mientras la mamá la detuvo tomándole el brazo. Doña Felicitas acarició la cabeza de su hija, mientras con firme movimiento la obligó a darse vuelta. Fue entonces cuando Felicitas dijo:

—¡No! ¡No quiero! ¡Tata, ese hombre es mayor que tú! —gritaba. Con los ojos húmedos enfrentó la mirada de su padre—: Nunca me casaré con alguien a quien no ame.

—Pero, ¿qué te has creído? ¡Nada de discusiones! Deberías estar feliz de haber sido elegida para ser la esposa de uno de los hombres más respetados y ricos de este país. —Se sentó. Ya más calmado, con voz suave agregó:— Vas a estar protegida y segura. Confía en nosotros. El amor viene con el tiempo.

—¡No es verdad! ¡No quiero! —Felicitas se adelantó para mirar a su padre. Él, sin contestarle, se dio vuelta. Los ojos de la muchacha se llenaron de lágrimas. La madre se acercó para abrazarla mientras el padre permanecía sin hablar junto a la ventana. La hija, pálida, estaba de pie. Carlos José avanzó hacia ella para decirle con un beso en la frente:

—Y ahora a descansar. Ya es demasiado tarde.

Felicitas empezó a caminar hacia su dormitorio en silencio, con todo el dolor contenido. Su andar era lento, automatizado. Casi sin fuerzas entró a su cuarto. Cerró la puerta.

Abrazada a su almohadón de raso lloró toda la noche la muerte de sus primeras ilusiones de amor.

3

UN REFUGIO PARA LA ESPERANZA

Amanecía cuando Felicitas se levantó. Caminaba con pesadez. Su rostro, congestionado y pálido. Tomó papel y pluma. Le dolía la cabeza. Con gran esfuerzo empezó a escribir:

Buenos Aires, 27 de febrero de 1861
Queridísima Albina:
Te escribo con la desesperación de quien está a punto de permitir que asesinen sus sueños. Yo imaginaba entregar la vida entera al hombre que conquistara mi corazón. Joven, apuesto y apasionado como el Belgrano de Amalia, el Carlos de María o un Werther o tal vez un Romeo que por mi amor saltara todas las barreras o escalara las más altas murallas... Pero no, anoche mi padre echó llaves a mis sentimientos al imponerme el matrimonio con Martín de Álzaga. Un anciano serio, adinerado y responsable. Tal vez más parecido a un padre que a un enamorado esposo.
He llorado toda la noche. Ya está formalmente cedida mi mano. Tendré que casarme y renunciar a la vida que siempre imaginé.
Por favor, ven a verme de inmediato. No sé, me siento azorada, perdida en un insondable laberinto.
Con llanto en el corazón se despide tu fiel y desolada amiga.
Felicia

Terminaba de cerrar la carta cuando escuchó los pasos de su nana limpiando el patio.

—¡Edelmira, ven! ¡Te necesito! —le rogó.

Ni bien la negra entró a la habitación Felicitas se echó a llorar en sus brazos. Entre sollozo y sollozo le confesaba:

—¡Estoy muy triste! Me quieren casar con un señor mayor. Apenas lo conozco. Lleva esta carta a Albina. Por favor, aprisa, que no te vean mis padres.

—Mi niña, nada se puede hacer contra la voluntad de un padre. El hombre manda y la mujer obedece. Así son las cosas desde que el mundo es mundo. Pero, ¡ay Virgencita! Ya sé que duele —se secó las lágrimas con su delantal y continuó—. Mire, ahorita nomás le voy a dar un caldo de gallina que hice para usted. Tómelo que yo voy corriendo a llevar su encargo.

Al rato Felicia caminó hasta la mesita. Allí la negra había dejado una coqueta bandeja con el humeante caldo. Empezó a tomarlo. El gusto y el olor de la sopa la reanimaban. Como entre sueños iban desfilando los ojos imperativos de su padre, la sonrisa complaciente de su madre y la fortaleza de don Martín. Entre ellos se debatían sus más caros anhelos.

Recordó el primer encuentro a solas con Álzaga. Había sido unos cuantos meses atrás durante una fiesta en su casa. Era noviembre. Hacía calor. Ella había salido al patio delantero en busca de aire fresco y un poco de soledad. Estaba sentada junto al aljibe cuando escuchó que alguien se acercaba:

—Señorita Felicitas, me alegra encontrarla a solas. Quiero decirle que me gustó mucho su interpretación. ¡Tiene usted una voz maravillosa! —le dijo don Martín.

Ella levantó la cabeza y se encontró con este señor elegante y seguro de sí mismo que le sonreía embelesado. Comenzó a recordar que habían pasado un buen rato conversando sobre música. Álzaga le había contado que tenía un piano en La Postrera, una de sus estancias, y que a solas, después de fatigadas jornadas, le gustaba sentarse a tocar alguna melodía. La muchacha nunca había imaginado algo más que cariño de parte de este rico estanciero, cuatro años mayor que su padre.

Una vez más estaba llorando; no podía resignarse a ese injusto casamiento. Ya no le quedaban lágrimas. Con el último sorbo de caldo se quedó dormida.

Caía la tarde cuando Albina golpeó a la puerta de la habitación de la señorita Guerrero. La muchacha estaba recostada sobre la cama, los cabellos enmarañados sobre la almohada; la mirada se perdía más allá de la ventana. La señorita Casares entró sin hacer ruido. Se sentó en el borde de la cama tomando entre las suyas la mano de su amiga.

—¿Cómo te sientes? Por favor, cuéntame todo. Te va a hacer mucho bien —le pidió en voz muy baja.

—No lo puedo creer. Parece un mal sueño —dijo lánguidamente. Luego, incorporándose, expresó—: Me gustaría escapar. Irme muy lejos. No voy a poder soportar mi matrimonio con ese hombre a quien apenas conozco. Pero, dime, ¿cómo desobedecer la voluntad de mi padre?

Hablaba atropelladamente. Albina no sabía cómo hacer para consolarla. La veía cada vez más desolada. Después de un rato la amiga le propuso:

—¿Qué te parece si salimos a dar un paseo? ¡Te hará mucho bien!

Felicitas se dejó vestir ayudada por su nana. Al rato la negra cepillaba con energía el cabello de la muchacha y la perfumaba con agua de colonia para reanimarla.

Albina había ido a invitar a Bernabé y a su hijo Cristián para que las acompañaran.

—Tome unos matecitos de leche con canela —le pidió la negra.

Al rato llegaron Albina y Tránsito, la joven las estaba esperando sentada frente a la ventana de su cuarto saboreando los últimos mates.

—¡Qué bonita estás, querida sobrina! —le dijo la tía mientras la abrazaba.

—¡Gracias! ¡Te quiero tanto! —le contestó sollozando.

—Bueno, bueno, ya está bien —le estaba secando las lágrimas cuando escuchó que Demaría y su hijo habían llegado para acompañarlas—. ¡Vamos ya! Parece que Bernabé y Cristián están apurados, ¡bajemos!

Las tres mujeres fueron al encuentro de los hombres que estaban sentados en el sofá de la sala. Al verlas se levantaron. Cristián, quien para ese entonces tenía doce años, quedó conmovido frente a la belleza de Felicitas. No dejaba de mirarla pero le era imposible hablarle. Apenas pronunció un impersonal "Hola, ¿cómo estás?", y bajó la cabeza para que la muchacha no advirtiera el rubor de su rostro.

Se encaminaron hacia la Plaza de la Victoria por la calle Bolívar. Iban disfrutando el silencio del atardecer alterado de vez en cuando por el trote de los caballos de algún coche.

Los recibió la intensidad amarilla de los paraísos en flor en la bella plaza teñida con el anochecer púrpura. Tácitamente el grupo optó por la frescura de la brisa del río. Las mujeres recorrían la serie de arcadas pobladas de tiendas mientras Bernabé y su hijo admiraban el nuevo edificio de la Aduana en la antigua Plaza de Armas.

El señor Demaría observaba a la pensativa muchacha. Se acercó para invitarla:

—Me gustaría conversar contigo.

—¡Oh! ¡Claro que sí! —le contestó sonriendo

Se apartaron del grupo para sentarse en un banco. La familia Guerrero recibía a don Bernabé casi diariamente. Todos le tenían un incondicional cariño.

—M'hijita, ¿qué te anda pasando? —le preguntó paternalmente.

—Me casan. Mi padre me comprometió con don Martín de Álzaga —le confesaba.

—Yo conozco muy bien a tu futuro marido y siento un gran afecto por él.

Demaría le habló de Álzaga y su familia. Supo que eran muy amigos.

—De niños fuimos casi vecinos ya que Martín vivía en la calle Belgrano frente a Santo Domingo. Después vino Rosas y el exilio: él, tu padre y yo estuvimos un tiempo juntos en Montevideo. Más tarde Martín se fue a Brasil; yo, a España. En fin, es un buen hombre, valeroso e inteligente puesto que pudo, tras las adversidades, acrecentar su fortuna —le dijo con orgullo. Parándose frente a la muchacha agregó—: Además, mírame a los ojos. Tu padre quiere lo mejor para ti. ¡Serás feliz! ¡Ya lo verás! —afirmó ofreciendo su mano para que la joven se levantase. Mientras caminaban, cambiando la expresión y el tono de su voz, le comentó:

—Señorita Guerrero, tengo el honor de invitar a usted al Teatro Colón con motivo del estreno de mi obra *La América libre* —le anunció con una reverencia.

—¿Cómo? ¡Felicitaciones! —gritó emocionada abrazándolo—. ¡Qué pícaro había resultado! ¡Mire que ocultar tamaña noticia!

—Bueno, bueno algo de razón tienes. Pero recién ayer tuve la aceptación de una compañía española para representarla. Estuve casi un año buscando una respuesta afirmativa. En fin, ya no quería comentar nada a nadie después de tantas negativas.

Sin decir más Felicitas se acercó corriendo al grupo para anunciarles la buena noticia. Después todos juntos conversando regresaron a la casa.

Albina se despidió de su amiga porque los padres la esperaban con la cena.

—Muchas gracias por tu compañía —le agradeció la señorita Guerrero.

La familia Demaría pasó al comedor, donde los esperaban para comer. Felicitas se sentía mejor pero se retiró a su dormitorio para no enfrentar a su padre. Estaba acongojada. No podría disimularlo.

Al no verla comiendo con todos Edelmira subió a su cuarto:

—Mi niña, ¡vamos! Esta noche le hice un rico pastel de fuente con rescoldo de pichones.

—No, mi querida nana. No es por despreciar ese delicioso plato sino por papá. No quiero verlo. Prefiero pretextar una indisposición. ¿Puedes decirle que no me siento bien? Por favor, hazlo por mí —le rogaba con lágrimas en los ojos.

—Está bien, mi amita. No llore más. No puedo verla así. Haré lo que usted quiera pero... le traeré un arroz con leche y un poco de canela. Algo hay que comer.

—Como tú digas. ¡Te quiero tanto, Edelmira! —dijo abrazando a la negra.

Después de comer el postre la muchacha se durmió.

Al día siguiente la nana se levantó temprano. Como cada mañana, saboreó unos mates. Al rato tomó su cesto para hacer las compras y salió.

Al llegar a Florida y Rivadavia se dirigió al zaguán de la casa de doña Flora de Azcuénaga. Allí estaba, como todos los días, el negro Domingo, viejo criado emancipado. Por aquel entonces eran muy codiciadas las masitas y los alfajores que vendía. Hacía largo tiempo que Edelmira lo consideraba su amigo.

—Buen día, Domingo —lo saludó con el ceño fruncido.

—¿Qué le anda pasando, doña? —Como no le contestaba le preguntó:— ¿Masitas? ¿Alfajores?

—Mi amita, la niña Felicitas... Llora y llora... ¡También!... La quieren casorear con don Álzaga. Mire... —la negra interrumpió su charla para mordisquear una masita—... mire que casar a una niña con un viejo. ¡Ella no quiere! ¡Qué va! Pero el padre dice sí y la hija tiene que decir sí. Los negros fuimos esclavos, las mujeres también —la nana prorrumpió en sollozos.

—Vamos, vamos ya, mi buena señora. Usted quiere mucho a la señorita Guerrero. ¡No llore! El amor viene con los años. Ya verá. Su amita se va a calmar como tantas otras —así consolaba a su amiga el buen Domingo.

—¡La Virgencita lo escuche! Pero yo siento algo acá, adentro, que me dice que este casorio será como las penas al tacho para mi niña —gesticulaba nerviosa—. Pero, ¡qué va a hacer, mi amigo! Hablar siendo una criada es como la carabina de Ambrosio. Así que sigo con mis mandados y quede usted con Dios, hombre.

Edelmira colocó la cesta sobre su cabeza perdiéndose entre los vendedores ambulantes. El sol de la mañana y el bullicio del mercado acompañaban su andar cadencioso. No se dio cuenta de que alguien se le acercaba. Era Nicandro Pavón, peón de La Postrera, su amante. Alto, esbelto, sus varoniles manos tomaron con fuerza los hombros de la negra para susurrarle al oído:

—¡Qué sorpresa, mi amor! —la nana reconoció su aliento en el cuello, se detuvo un instante para aspirar su olor. Se dio vuelta olvidándose del cesto. Masas y alfajores fueron la alfombra que sostuvo la sonrisa de los negros.

—¿Qué haces por acá? —alcanzó a decirle. El corazón galopaba en su pecho.

—Compras para mi patrón, don Álzaga —contestó mientras acariciaba con un dedo los labios de Edelmira.

—Por él, por don Martín está llorando mi amita —le dijo después de retirar la mano de Nicandro con un beso—. La van a casar con él.

—¿Por qué llora? Mi patrón es hombre bueno, fuerte, rico. ¿Qué más quiere? ¿Qué es viejo? ¡Mejor! ¡Le enseña!

56

—expresaba con respeto y no disimulada admiración—. Y cuando conozca La Postrera... Mira, llega la noche y el sol es un globo así de grande y muy rojo que se va aguas adentro del Salado.

La figura del peón, movido por el entusiasmo, parecía dibujar pasos de danza en la calle del mercado.

—¡Hum! Además, cuando vengas con tu amita... tú y yo en el monte de talas... —apretó la cintura de la negra en un rápido abrazo de despedida para perderse entre los vendedores ambulantes.

¡A los ricos duraznos blancos y amarillos
como la cabeza de mi potrillo!
Duraznos del horizonte
compre marchante que son del monte!

—¡Espera, muchacho! —con el cuerpo aún caliente por el roce de la piel del hombre, la criada pidió—. Quiero los más redondos y maduros para mi niña. ¡A ver, a ver! ¡Yo misma voy a tocarlos! —afirmaba decidida.

—¡Saque la mano! —le ordenaba el frutero, pero la fiel criada, en su afán por comprar lo más sabroso, desobedecía.

Anduvo toda la mañana. En la cabeza llevaba la cesta llena de frutas, verduras y masitas mientras en la mano derecha sostenía una bolsa con un pavo para engordar con nueces.

Hacía mucho calor. El mediodía estaba bañado de sol. Ya se encaminaba hacia la casa cuando decidió pasar por la calle Chile. Allí vivían las hermanas Lezica, quienes por aquel entonces vendían los dulces en caldo que ellas mismas preparaban.

—Manda decir la seora que cómo está su mercé —saludó empujando la cabeza del pavo que había salido de la bolsa.

—Muy bien. Gracias. ¿Y la familia Guerrero? —preguntó una de las damas.

—Preparando el casorio de la hija con don Álzaga —contestó sin rodeos.

—¡Honorable caballero! Poderoso por su cuantiosa fortuna —acotaba una de ellas.

—Creo recordar —agregó su hermana— que mi madre contaba que siendo jóvenes don Martín los visitaba. Es mayorcito el novio, ¿no les parece? —dijo mientras se cubría el rostro con la mano para esconder su maliciosa sonrisa.

—¡Quiero dulces en caldo! —respondió Edelmira, molesta por las burlas de las señoras Lezica.

Por primera vez, desde que se había enterado de la inminente boda, tuvo miedo de los chismes que pudieran dañar la sensibilidad de Felicitas.

—¡Estoy apurada! —dijo nerviosa.

Tomó los dulces y salió casi corriendo. Caminaba sudorosa por la ira que se había apoderado de ella.

Llegó y se metió en la cocina. El pavo paseaba su libertad, la criada desbordó su llanto. Al rato empezó a cocinar. Mientras pelaba las batatas sus lágrimas iniciaban el puchero.

Desde hacía unos días Felicitas permanecía mucho tiempo en su habitación. Pasaba largos momentos escribiendo en su diario:

28 de febrero de 1861:
¡Quiero gritarle a mi padre!... ¡No puedo!... ¡Quiero elegir libremente! ¡Quiero amar con intensidad!... ¡Un romance como los que escribe Lord Byron o Lamartine!...

¡Oh, Dios mío! Mi futuro va a ser muy distinto. ¿Qué hacer con todo este volcán de pasión que me quema el alma?

¡Debo sonreír! Debo ser amable... ¿Por qué?... ¡Ya no aguanto más!

No podía seguir escribiendo. Guardó el diario y se acostó.

Lloraba con el rostro oculto entre las sábanas de seda. Su hermoso cuerpo palpitaba afiebrado bajo el raso del camisón blanco. Iba perdiendo la noción del tiempo, que se diluía entre las incontenibles lágrimas...

La despertó la voz de su amiga. Como entre sueños escuchaba:

—¡Despiértate! ¡Vamos, arriba, Felicia! —al no obtener respuesta Albina empezó a correr los cortinados.

La luz hizo fruncir la cara de la señorita Guerrero. Se restregaba los ojos. Se sentó en la cama y empezó a bostezar.

—Hoy es domingo. ¿Me acompaña su majestad a la Catedral? —le preguntó la amiga haciendo una graciosa reverencia.

—¡Qué payasa! —exclamó sonriendo—. ¡Claro que iré!
—Mientras retiraba unos bucles de su frente expresó:— ¡Qué
manera de haber dormido! Y sigo agotada.

Se levantó con dificultad. Se estiraba... El cuerpo, dolorido; los ojos, hinchados.

—Unos matecitos de leche te van a sentar de maravilla
—dijo Tránsito al entrar. La tía venía acompañada por una
criada que traía el frugal desayuno.

Como era habitual los domingos, la familia y sus amigos
se preparaban para ir a misa. Los criados corrían por la casa
terminando de componer vestidos y calzados.

—¡Vamos niños, vamos! ¡A arreglarse! Después de misa
iremos a dar un paseíto por la calle Florida —advertía la
dueña de casa.

La caravana que formaba la familia Guerrero era extensa. Don Carlos y su esposa iban conversando con Bernabé y el
matrimonio Casares. A poca distancia de ellos caminaban
Tránsito, Felicitas y Albina; más atrás se veía un torbellino
de saltos y de risas; era el resto de la familia: chicos de dos a
catorce años iban acompañados por algunos criados.

Bajaron por la calle Perú. Marzo anunciaba el otoño con
una leve brisa. El ocre de algunas hojas muertas se quejaba
cuando pasaba el animado grupo. Llegaron a la Plaza de la
Victoria.

Entraron a la Catedral. La iglesia estaba llenísima. Los
vecinos de la Gran Aldea se hacían cordiales saludos. Las
damas cuchicheaban detrás de sus elegantes abanicos de
marfil o plumas.

Felicitas humedeció sus dedos en la pila de piedra para
persignarse. Avanzaba sin mirar a nadie. Se arrodilló junto a
sus hermanas Antonia, María y Catalina. Elevó sus ojos al
altar mayor entregando su corazón a Nuestra Señora de Buenos Aires. Aquella mañana lucía una belleza angelical. Tenía
un vestido de tafetán color marfil; su abundante cabellera,
peinada en un "amor partido", como era la costumbre de la
época; la música del órgano alemán la envolvía en un místico
clima. Sus enguantadas manos sostenían el cristal de roca del
rosario de su abuela Catalina. Comenzó a rezar. A medida que

las cuentas se deslizaban entre sus dedos su rostro era acariciado por silenciosas lágrimas. Al verla así, como una hermosa Madonna del Renacimiento florentino, un joven apuesto y elegante quedó extasiado. Se llamaba Enrique Ocampo. Algo extraño y al mismo tiempo maravilloso lo conmovía. Se dejaba llevar por la visión de esa mujer casi niña. Tuvo la certeza de que empezaba a envolverlo la demencia del amor.

Cuando terminó el servicio religioso Ocampo seguía de pie, sin moverse. Ella caminaba sin mirar a nadie. Las luces que se filtraban por el vitral de Santa Catalina de Sena parecían dibujarle destellos de ángel.

Enrique la siguió mientras paseaba por Florida con su familia. Escuchó que un hombre al pasar le dijo a la señora de Guerrero:

—¡Qué niña tan preciosa!

—¡Gracias, señor! —le contestó orgullosa la mamá.

Felicitas se ruborizó. Caminaba con la cabeza baja pero sentía el fuego de varoniles miradas sobre su cuerpo.

El joven Ocampo sintió que empezaba a transpirar. Temblaba. Por primera vez estaba sintiendo la pasión de los celos. Permaneció sin moverse. La figura de Felicitas se perdía por la transitada calle. Enrique permanecía con los puños cerrados y los labios contraídos. Su mirada oscura iba adquiriendo un extraño fulgor.

—¡Esta mujer será mía! —se dijo con los dientes apretados.

Luego, decidido, emprendió el camino hacia el Café de Marco. Necesitaba tomar una copa con sus amigos antes de regresar a su casa para el almuerzo. Su paso era de varonil firmeza. Su presencia, arrolladoramente sensual.

Después de un corto paseo la familia Guerrero decidió volver al hogar. Allí los esperaba la suculenta mesa del domingo. Disfrutaron de perdices en escabeche y gallinas cocidas con legumbres y papas, una "olla podrida" y por fin un caldo flaco de vaca, acompañado de mandiocas hervidas. Llegaron los postres. Algunos saborearon una leche crema, mientras que otros prefirieron los orejones de duraznos con azúcar.

Una vez terminado el almuerzo las mujeres se reunieron en la salita a conversar mientras tomaban mate acompañado con masitas.

Los hombres pasaron al escritorio. Estaban abriendo una botella de jerez cuando llegó Álzaga. Al verlo el dueño de casa lo recibió con una sonrisa:

—Bienvenido, don Martín. ¿Te sirves una copa?

Su futuro yerno, serio y elegante como siempre, se sentó a conversar con ellos. Hablaron de política y economía hasta que Carlos preguntó:

—¿Qué opinan de la diputación de Buenos Aires? El partido reaccionario piensa que los diputados deben ser rechazados ya que no han sido nombrados con arreglo a la ley nacional.

—Por supuesto. Estoy totalmente de acuerdo. Es la única ley que debió regir en el acto de su elección —agregaba Casares.

Álzaga se acercó con *El Nacional* de ese día para empezar a leer en voz alta el artículo sobre la Constitución Nacional. Discutía con sus amigos acerca de la validez de ese texto sancionado en 1853. El grupo coincidió con el cronista de la nota, que afirmaba que Buenos Aires no reconocía otra Constitución que la que había jurado el 21 de octubre de 1860.

Siguieron los comentarios de estos inquietos hombres. Eran inteligentes y amantes de la libertad. Conversaban con el mismo fervor de aquellos tiempos en que se habían conocido, allá por el 37. De pronto Bernabé preguntó:

—¿Se enteraron del anuncio de un librito sobre Rosas? Lástima que no dice quién es el autor. Es increíble. Se llama *Vida, diabluras y anécdotas de Rosas*. Es una nueva publicación. Es distinta de todas las anteriores. Los nombres de los capítulos despiertan curiosidad. —Con la simpatía que lo caracterizaba Demaría empezó a leer para sus amigos el aviso sobre la novedad literaria. Lo atraía el atrevimiento del desconocido autor, quien se ocupaba de la vida privada de Rosas. Una borrachera, sus bromas, el peludón, un célebre diálogo eran algunas de las aventuras que ofrecía la obra. Por otra parte, indicaba el anuncio del periódico que el libro se podía comprar por 20 pesos en la librería Nacional, en la Recova nueva, o bien en Dolores, en la Agencia de Bergeire, o en Montevideo, en la librería del señor Lastarria.

—Mañana mismo, por simple curiosidad, pienso comprármelo —anunciaba Bernabé. Después de tomar un trago de jerez continuó—: Les prometo el comentario para nuestro próximo encuentro.

Luego el dueño de casa, mientras caminaba inquieto, tomándose la barbilla comenzó a hablar:

—Pienso que los asuntos de bienes y casamientos se arreglan entre hombres —se lo notaba un poco nervioso. Después de una pausa, dirigiéndose a Bernabé y Francisco preguntó—: ¿Qué opinan, mis amigos?

Los hombres asintieron con un elocuente gesto.

Guerrero fue a sentarse frente a Álzaga. Cruzó sus largas y delgadas piernas mientras se acariciaba la enorme barba, que ya mostraba algunas canas. Fue entonces cuando le pidió:

—¡Por favor, habla!

—¡Cómo no! —afirmó seguro—. Vuelvo a pedirte, esta vez delante de queridos amigos, formalmente la mano de tu hija. He estado pensando cederle como regalo de bodas, además de una parte considerable de mi fortuna, una mansión en la calle Florida. Pronto se empezará a construir.

—No tengo la más mínima duda de que mi hija estará feliz y protegida a tu lado. ¿No te parece, Francisco? —preguntó a su amigo.

—Si conoceré la hombría de bien de mi vecino. Años viviendo en la calle Venezuela —dijo palmeando la espalda del prometido.

—Éste sí es un gran día. Te vas a llevar a una mujercita muy sensible. Eres un hombre afortunado —agregó Demaría.

—Ya lo sé. Es la niña más tierna y dócil que he conocido.

—La víspera del día de la Patria daré un gran baile en el Progreso para anunciar formalmente la boda. Y ahora... —Guerrero se puso de pie—, ¡brindemos con champagne!

Mientras tanto en la salita hablaban las mujeres...

—Hay que empezar con el ajuar de Felicitas —sugirió Francisca Casares.

—¡Cómo me gustaría estar en tu lugar! —suspiraba Antonia.

—Felicia, estás pálida. ¿Te sientes bien? —le preguntó Albina preocupada.

—Disculpen. Estoy muy nerviosa. Prefiero retirarme. ¡Este ambiente me sofoca! —saludando con un rápido beso a todas se refugió en su habitación. Una vez allí abrió de par en par las ventanas. Necesitaba el aire puro del anochecer. Se puso a tararear muy bajito. Siempre el canto era su modo de sentir la libertad que ansiaba.

Al rato tuvo ganas de encontrarse con su diario, que ahora guardaba en el cajón secreto del tocador.

15 de marzo de 1861
¿Esto me está pasando a mí o estoy presenciando una obra teatral? Todos viven los preparativos de mi boda como si fuera la de ellos. Y yo... ¡me dejo arrastrar!...

Con su diario debajo de la almohada se quedó dormida. Media hora después su madre preguntaba:

—Felicia... Querida, ¿estás mejor? Las visitas se despiden. Tu prometido quiere saludarte. —Al acercarse a la cama dijo:— ¡Caramba! Se ha dormido. La voy a arropar. ¡Qué bella! Pronto se convertirá en la señora de Álzaga —besó su frente con ternura y se retiró sin hacer ruido.

Se apagaban las luces de la casa. Todos dormían. El compromiso matrimonial se había realizado entre la familia y los amigos más íntimos. En pocos meses se haría socialmente en el Club del Progreso.

La joven prometida pasaba el tiempo entre largas confesiones a su amiga Albina, formales visitas de su novio y preparativos para la fiesta en el Club. Por la noches prefería la soledad para encontrarse con la música y su diario.

Llegó el día del gran estreno de *La América Libre*. Felicitas conocería el teatro Colón.

El 25 de abril estuvieron, como era ya costumbre en Buenos Aires, media hora antes de la función para presenciar el encendido de la enorme Lucerna. Los cuatrocientos cincuenta destellos de su luz iluminaron la belleza del lugar. Felicitas temblaba de emoción entre las gasas tenues de su hermosa túnica lila. A su izquierda estaba don Martín, su prometido, a su derecha el autor de la obra, don Bernabé. Se abrió el telón, donde se representaba por primera vez un drama de la historia nacional.

La joven siempre iba a recordar las voces de los actores españoles:

"................
Belgrano
(Llamando con la campanilla y dobla el pliego)
Así la patria lo exige
de mi salud quebrantada;
mas si la suerte está echada,
a ella mi vida elije.
(A un moreno anciano que entra)
José, con el alba irás
de San Francisco al convento
este pliego entregarás,
sin que ninguno lo vea.
(levantándose) Castelli, ¡amigo querido!

El Negro
Su merced será servido
cual su merced lo desea.

Belgrano
Bien... vete ya.

Castelli
Ay, Belgrano,
algunos hombres, cual vos,
nos hace falta, por Dios!

Belgrano
Os quejáis, Castelli, en vano.
De todos en la conciencia,
íntimamente arraigada
veo una idea sagrada.

Castelli
¿Cuál es?

Belgrano
¡Nuestra independencia!
Y si la infanta Carlota
comprende nuestras razones,

y admite las condiciones,
que le he pasado en mi nota,
reemplaza la monarquía
libre y constitucional,
al sistema colonial,
que sufre la patria mía.
Muy pronto, amigo, veremos
fulgurar en el oriente
nuestro sol independiente,
¡y libres, al fin seremos!

Los aplausos cerrados de la concurrencia emocionaron profundamente al autor.

Al día siguiente los diarios comentaron el estreno de la pieza teatral de Demaría. *La Tribuna* decía que ese drama histórico había inaugurado la estación más rigurosa del calor. Criticaba el hecho de que su autor hubiese permitido el estreno a pesar de que el día anterior había llegado a Buenos Aires la trágica noticia del saqueo de San Juan. Por otra parte, se destacaba el hecho de que a pesar de haber tenido poca concurrencia la obra había sido un gran éxito. Concluía la nota pidiendo a la empresa del Colón que pusiera otra vez este drama en escena el 25 de mayo. Puesto que, tanto por su argumento como por sus sonoros versos patrióticos, era la única producción de este género y de autor argentino.

Este feliz acontecimiento puso un cálido manto a las preocupaciones de Felicitas. Pero por las noches volvía a encontrarse con su querido diario:

29 de abril de 1861
... Dicen que voy a ser feliz porque tendré fortuna, protección e hijos. Dicen que eso es ser una mujer feliz. A mí me parece... ¡No sé! Ellos son mis padres, me quieren, me cuidan, pero... yo... ¡Yo no me resigno!

5 de mayo de 1861
... Tal vez esté equivocada al dudar de mi futuro matrimonio. ¡Ay, cómo me arde! Parece que tuviera fuego aquí, en la boca del estómago...

23 de mayo de 1861

*... Mañana es mi presentación en sociedad y el anuncio de
mi boda. En las novelas se dice que los novios antes de casarse
sueñan, son felices...*

La noche del 24 mayo el Club del Progreso esperaba con
sus mejores galas a los invitados. Carruajes que llegaban
desde distintos lugares de Buenos Aires se detenían en la
esquina de Perú y Victoria, donde estaba el Palacio Muñoa,
nueva sede del Club. El edificio, de dos pisos, exhibía un exquisito lujo francés casi desconocido en el Buenos Aires de
tradición colonial. En el primero estaba el salón de baile iluminado a gas por seis arañas de bronce dorado y veinticuatro
brazos artísticamente distribuidos sobre paredes de fondo
blanco y oro. Los cortinados eran de seda y muselina; el cielo
raso, dorado.

Los invitados entraban con sus ricos vestidos. Mujeres y
hombres no dejaban de admirarse mirando con disimulo las
paredes cubiertas de espejos.

Todos esperaban la llegada de Felicitas. Álzaga saludaba
a cada uno con el don de gentes que lo caracterizaba. Vestía
de negro, elegantísimo. Guerrero, cerca de él, halagaba con
un piropo a las damas que iban llegando. Por los rincones
algunas señoras comentaban:

—¡Qué horror! En Buenos Aires no se habla más que de
esto —decía una.

—¡También! Se casan un anciano y una jovencita, casi
una niña —afirmaba por lo bajo otra.

—Pero aclaremos. No se trata de cualquier anciano ni de
cualquier jovencita. Son el riquísimo don Martín de Álzaga y
la mujer más hermosa de la República —acotó gesticulando
exageradamente una mujer.

Los comentarios se acallaron cuando llegó la prometida.
Cuando entró todos los ojos se volvieron hacia su belleza.
Caminaba elegante, en su vestido de tafetán rosado adornado
con galones casi lilas. El escote estaba sostenido por un canesú de muselina al tono que le llegaba hasta el cuello. Lucía un
collar de oro con dos vueltas. Su cabello estaba recogido con
rizos que caían custodiando los aros de brillantes.

Una vez que la recibió el padre empezó el banquete. Entre los exquisitos platos estaba aquel pavo, testigo de los sentimientos de su nana. A pesar de la fresca noche de otoño saborearon los ricos sorbetes que habían comprado en la confitería Saisiani.

Valses, polcas, escotes, faldones, fracs, negocios, terciopelos, cristales, política, galanteos y champagne daban ritmo a esta noche de gala. Lo mejor de la Gran Aldea bailaba el minué "El llorar de una bella", de Juan Bautista Alberdi, interpretado esa noche en el piano por Juan Esnaola, quien por ese entonces se desempeñaba como presidente del Progreso.

Álzaga invitó a bailar a su prometida. Ella se dejaba llevar por la música.

—Estás más hermosa que nunca —la piropeaba.

—Muchas gracias, Álzaga.

La imagen de la pareja danzando sobre la alfombra Royale D'Abusson se reflejaba en distintos espejos.

La joven empezaba a sentirse bien estando al lado de ese hombre de frac y perfume francés. Cuando tomaba con fuerza su mano la invadía una seguridad placentera.

—¡Mira qué hermosa bailando el minué con su novio! —decía la mamá.

—¡Le ha vuelto el color a las mejillas! ¡Su cara tiene luz! —murmuró Tránsito.

—¡Está sonriendo! ¡Gracias, Virgencita! ¡Mi amiga empieza a ser feliz! —estaba diciendo Albina cuando un caballero la invitó a bailar una polca interpretada al piano por Santiago Calzadilla.

—Señorita, ¡qué gracia! ¡Qué señorío para deslizarse al ritmo de la música! —le dijo el apuesto joven.

—Muy amable. Y le puedo asegurar que usted tampoco lo hace nada mal, señor Ocampo.

—¡Qué bella es la prometida de Álzaga! Siempre he pensado que es la mujer más hermosa de Buenos Aires —afirmó el joven mientras suspiraba al observar a Felicia.

—No sólo tiene una belleza sin igual sino que su alma es aun más exquisita. Si lo sabré yo, que desde que éramos niñas soy su mejor amiga —le confesó la joven.

Ocampo fue llevando a Albina hacia donde Felicitas saboreaba un sorbete mientras su prometido iba a recibir a unos

67

amigos. Al llegar junto a ella, con un elegante movimiento, quiso tomar otro helado en el preciso instante en que la homenajeada le entregaba la bandeja a un sirviente. Enrique rozó levemente el desnudo brazo de la prometida de Álzaga mientras con voz ronca le susurró: "Joven, bellísima...".

La muchacha se retiró bruscamente haciendo caer los postres sobre la alfombra. Mirándola sarcástico se alejó. Iba acariciando la cintura de Albina. Felicitas empezó a abanicarse. Se sentía insegura. Comenzaba a palidecer presa de culpas sin tener motivos para ello.

Después de terminado el baile la gente se ubicó a los costados del salón para escuchar el tan esperado anuncio. Los hombres, de pie; las mujeres, sentadas abanicándose. En el centro del salón Carlos se adelantó para hablar:

—Señoras y señores, tengo el honor de anunciar a todos ustedes el compromiso de mi hija mayor, Felicitas Antonia Guadalupe, con el señor Don Martín de Álzaga. —Tomó la mano de su hija y la colocó sobre el brazo del novio. Los invitados aplaudían. La novia empezó a marearse. Todo le daba vueltas. Martín la sostuvo en sus brazos para que no se cayera.

—¡Hija, por Dios! —gritaba su madre mientras la abanicaba.

—Llevémosla al tocador. —Pidió Albina.— Es la emoción.

—Ya estamos aquí. Vamos Felicia. ¡Recuéstate! ¡A ver, un poco de colonia! —decía Tránsito.

—¡No puedo más! ¡Tanta emoción! —exclamaba.

—¡Llore, llore, mi niña! —le rogó su nana mientras le acariciaba la cabeza.

—Edelmira, ordena una tila. Le hará bien —aconsejó Tránsito.

Al rato salieron de la habitación. La muchacha estaba mucho mejor. Con la amabilidad que la caracterizaba saludó a cada uno de los invitados.

—¿Cómo te sientes, m'hijita? —preguntó don Carlos preocupado.

—Bien, gracias, tata —contestó.

Su novio se acercó para besarle la mano. Luego la acompañó hasta la volanta: regresaba a su casa con Albina y Edelmira. El resto de la familia iba en otros landós. Felicitas permanecía pensativa, casi no hablaba. En la calle Venezuela dejaron a su amiga.

La familia Guerrero, después de hacer algunos comentarios acerca de la fiesta, se fue a dormir.

Pasaron algunos meses en los que visitas y regalos iban consolidando el compromiso de la nueva pareja.

Era primavera. Álzaga había invitado a toda la familia a visitar La Postrera, su estancia preferida. El nombre se debía a que era la última residencia de la civilización, después estaban las tribus indígenas. Don Martín le había comprado estas tierras a la viuda del general Ambrosio Cramer, allá por los años 30. Tendrían que viajar casi todo el día. En un carruaje iban doña Felicitas, su hija, Albina y Edelmira; en otro, Guerrero, Álzaga y Carlos Francisco. A caballo, algunos negros.

En las primeras horas de la tarde pararon para comer en una estancia vecina. Dieron agua a los caballos y descansaron un buen rato.

Durante el viaje los hombres hablaban de campo.

—Guerrero, éstas son algunas de mis tierras: seis leguas de la estancia Bella Vista, veinte leguas de Montes Grandes. ¿Ven? Allí empieza el Salado; sobre la margen izquierda hacia el mar están La Pelada, La Postrera, Laguna Juancho y, más al sur, otros campos —contaba con sencillez don Martín.

Carlos padre y Carlos hijo se habían quedado sorprendidos ante la inmensidad y belleza de los campos.

Mientras tanto, en el otro carruaje Felicitas iba pensativa disfrutando del paisaje: "Ya casi no oigo las voces. Sólo el trotar de los caballos. ¡Ah! Esta brisa en mi rostro, me acaricia, me hace bien. El olor a tierra mojada. La soledad. ¡Qué paz! Me quedaría suspendida en este tiempo, donde la naturaleza y yo somos una. Los pensamientos se aquietan. Olor a pasto... Nos detenemos. Parpadeo. No quiero salir de este estado. No quiero hablar. Estoy bien así. La brisa sigue despeinándome. Me adormilo...".

Cuando abrió los ojos anochecía. Ya habían llegado. Al bajar la sorprendió un sol grande y muy rojo sobre el río Salado. La belleza del lugar la inmovilizaba. Giró la vista hacia la izquierda y se encontró con un mágico monte de talas vestido de pensamientos y mariposas. Anochecía, pero no quiso perderse el espectáculo de las espátulas rosadas y las garzas desde la glorieta. Álzaga la sorprendió al sentarse a su lado. Se le acercó para susurrarle:

—Pronto ésta será tu vida. Mis campos son tuyos.

Volvieron del brazo a la casa. Una amplia galería de mosaicos rojos los recibió. Después de comer se retiró al dormitorio que compartiría con Albina. Su novio les había encargado a las criadas que encendieran los leños para que su amada y la amiga no sufrieran el fresco de la noche campestre. Con fuego encendido y coquetas camas se durmieron.

Al día siguiente las despertó Carlos Francisco.

—¡Hermanita, Albina, buen día! —exclamaba el muchacho—. ¡Huija! ¡Esto es vida! —y se alejó cabalgando.

Caballo y jinete parecían despertar el paisaje con el vigor del entusiasmo juvenil.

Leche recién ordeñada y pan caliente fue el desayuno.

Felicitas salió a caminar con Albina. El canto de los pájaros las acompañaba. Cruzaron el monte de talas. Se internaron en el mágico ambiente. Se sentaron en silencio sobre una alfombra de violetas. Las mariposas eran flores que se posaban sobre las sombrillas de las jóvenes.

La mirada de Felicitas Guerrero abarcaba la inmensidad de los campos. Su rostro adquiría una luz nueva.

—¿Qué significan esas lágrimas? —le preguntó Albina tocándole el hombro.

—Sé que muy pronto van a cambiar nuestros destinos. Algo maravilloso nos espera.

Después de pasar una semana en el campo tuvieron que volver a Buenos Aires. Antes de emprender el viaje de regreso don Martín le dijo:

—Pronto regresaremos. Todo esto será tuyo.

—Muchas gracias, Álzaga —respondió emocionada la novia.

La muchacha sonrió. Veía contenta a su familia. El atardecer tiñó los campos de belleza purpúrea. Con las primeras gotas de rocío emprendieron el regreso a Buenos Aires. A mitad de camino pasaron la noche en una estancia y al día siguiente ya almorzaron en la casa.

Después la siesta se volvió necesidad. Hacía mucho calor.

Por la noche Felicitas salió al patio. Con el perfume de La Postrera en la piel la joven se sentó junto al aljibe. Los ojos, cerrados. Era un deleite la luz de la luna.

Intuyó una sombra a sus espaldas. Se estremeció. Varoniles brazos la rodearon y la obligaban a ponerse de pie. Reclinó su cabeza en el pecho fuerte. Temblaba.

—Felicitas Guerrero, ¿quiere ser mi esposa?

Sin abrir los ojos cerraba un capítulo de su vida: el de los juegos de niña, el de los sueños de jovencita.

—Sí, quiero, señor Álzaga.

4

LAS DOS CARAS DE UN MISMO ESPEJO

Como siempre en Buenos Aires enero se presentaba insoportablemente húmedo. Nadie podía prescindir de la siesta.

Las mujeres de la familia decidieron ir a pasar unos días a la quinta de San Isidro en busca de un poco de aire fresco, para poder dormir.

San Isidro es la población más antigua de la Costa del Plata. Nació el jueves 11 de junio de 1580 durante la segunda fundación de Buenos Aires comandada por el Teniente General don Juan de Garay, quien después de luchar contra los indios querandíes comenzó la distribución y laboreo de la tierra.

El capitán don Domingo de Acassuso fue el fundador de San Isidro. Sobre sus tierras, como consta en la escritura de venta que a su favor le otorgó don Gonzalo de Zárate, en el año 1706 instituyó la capellanía de San Isidro Labrador para que se celebraran veinte misas rezadas y una cantada por año.

Durante las invasiones inglesas el pueblo de San Isidro rechazaba al invasor con la valentía de Juan Martín de Pueyrredón. Junto a él lucharon heroicos vecinos: los Márquez, Espeleta, Acosta, Uriarte y Rolón, entre otros. En el combate de Perdriel un Márquez salvó a Pueyrredón subiéndolo en ancas, al caer muerto su caballo.

En ese barrio la tradicional y aristocrática familia Montes de Oca poseía una señorial quinta desde principios de siglo. Allí la bella Catalina había dado el sí al severo Manuel Cueto. La barranca que daba al río los había visto tomados de la mano soñando la familia que hoy tenían.

Aquella mañana de 1862 la dueña de casa recibió con alegría a su hija y a sus nietas. Se desvivía en atenciones. A pesar de los años la señora de Cueto Montes de Oca se movía de aquí para allá pidiendo a la servidumbre que brindara todas las comodidades para que sus queridas Felicitas se sintieran cómodas.

Por otra parte, Carlos padre continuaba su trabajo en Buenos Aires y Carlos hijo estaba pasando una temporada en el campo, invitado por su futuro cuñado.

Al día siguiente de llegadas a la quinta recibieron las visitas de Albina y Tránsito. Corría una agradable brisa en las barrancas.

—Por favor, un agrio bien fresco. Hay bastantes naranjas que hice traer de Buenos Aires. Córtenlas al medio, expriman el jugo en un vaso grande. No se olviden de agregarle bastante azúcar y agua fresca. Antes de servirlo pónganlo un rato en el aljibe —pidió la señora de la casa a la servidumbre.

La señora de Guerrero dirigiéndose a su hija dijo:

—Escucha lo que escribe Faustina Sáez de Melgar en *La Moda Elegante* del domingo pasado.

Doña Felicitas empezó a leer:

Honra a tu esposo y te honrarás a ti misma. Esto debe hacer toda mujer que se estime en algo, toda la que vea en su decoro y en su virtud el escudo que ha de protegerla contra las asechanzas del vicio, contra las libertades del mundo.

El someterse al imperio del marido no degrada, no rebaja ni abate el orgullo ni las atribuciones de la mujer, antes es una gloria, aun en la sociedad más culta, que hoy tienen tan relajadas sus costumbres.

Felicitas estaba distraída mirando el río.

—¿Me escuchaste, querida? —preguntó la madre con el periódico de don Abelardo de Carlos sobre la falda—. Pronto vas a casarte. Hay que leer y meditar sobre la vida matrimonial.

La señora de Guerrero, viendo que su hija no se concentraba, iba elevando el tono de voz.

—Como bien dice este artículo la esposa debe obedecer al marido. Recuerda siempre estos sabios consejos, mi querida

73

Felicitas, y en tu hogar reinarán la paz y la armonía. —Levantando el dedo continuó:— Obediente, ordenada, modesta y laboriosa: así debe ser una buena esposa.

—¡Ruperta! ¡Pancracia! ¿Para cuándo el agrio? —pedía doña Catalina a la servidumbre—. Sáquenlo del aljibe, ya debe de estar frío.

—¡Ay, sí, mamá! ¡Yo tengo mucha sed! —dijo Tránsito—. Préstame *La Moda Elegante*. Quiero ver trajes, no advertencias para esposas —se levantó y se fue a leer sola bajo un árbol—. ¡Ah, mamá! Que el agrio no resulte como el mate de las Morales —se fue refunfuñando a sentarse cerca del río.

—¿Tía, quiénes son las Morales? —se acercó a preguntarle la curiosa Catalina.

Al verla Tránsito sonrió y, sentándola sobre su falda, comenzó a relatarle el origen del refrán.

—Hace muchos, muchos años la familia Morales vivía en un rancho en el camino a San Isidro; a la sombra de sus árboles los viajeros descansaban del calor. Mientras hacían esto una de las señoras Morales se acercaba a ellos para ofrecerles un matecito, prometiéndoles traerlo enseguida. Los viajeros aceptaban gustosos. Después de una larga espera se iban sin el mate. Como esto les sucedió a muchos pasó a ser dicho popular. "Como el mate de las Morales" se dice cuando en alguna casa se ofrece algo y se demora o no se cumple con lo prometido.

Las señoras hablaban de temas familiares y sociales.

—El Club reabrió sus puertas con un gran baile para festejar el triunfo de Buenos Aires —comentaba doña Catalina.

—Cómo me hubiera gustado asistir —agregó doña Felicitas. Me contó Teresa Castex que fueron una cena y un baile magníficos en homenaje a los jóvenes de la Guardia Nacional.

El Club del Progreso había suspendido el baile del 9 de julio de 1861 ante la posible guerra entre porteños y provincianos. La batalla de Pavón, ocurrida el 17 de septiembre, no había resuelto la difícil situación pendiente desde Cepeda. El Club realizó una encuesta entre los socios el 3 de noviembre dando como resultado la oposición a que "se diera ninguna reunión en las presentes circunstancias". En diciembre de ese mismo año, después del retiro voluntario de Derqui, Pedernera, vicepresidente de la Confederación, declaraba caducas las autoridades nacionales. Los porteños empezaban a vislumbrar un próspero porvenir cuando las provincias delegaron en Mitre, gobernador de Buenos Aires, la convocatoria a un Congreso Nacional. El Progreso quiso festejar este acontecimiento con un gran baile el 25 de enero de 1862. *La Tribuna* anunciaba el baile en el Progreso comentando que para ese día se habían alfombrado de nuevo los salones y se habían arreglado con muchísimo gusto.

Mientras el animado grupo conversaba de estos temas Tránsito miraba los trajes del periódico. Al rato se levantó buscando a su sobrina.

—¡Felicia! ¡Felicia! Pero, caramba, ¡despiértate! —dijo tocándole el hombro. La futura esposa de Álzaga se había dormido bajo un roble—. Mira qué hermoso vestido de bodas.

Incorporándose con lentitud la muchacha observó el figurín. Su tía, inquieta como de costumbre, empezó a leerle en voz alta:

Traje de paño de seda blanca guarnecido con sesgos plegados atravesados por tiras pequeñas, también delgadas, que llevan alrededor un fleco de perlas. Corpiño montante. Cinturón adecuado con cabos largos y flecos de perlas. El mismo adorno pero más corto en las sisas; velo de tul blanco.

Casi inmediatemente después de la descripción del vestido de boda las dos mujeres vieron que se acercaba Albina.

—¡Felicia! Aquí te traigo este libro de Severo Catalina. Me lo envió un tío de España. Se llama *Mujer* —se sentó junto a ellas para leerles el capítulo VI, denominado "El matrimonio":

La mujer no será pues, sino el reflejo de las virtudes o de los vicios del marido.

Y la señorita Casares seguía leyendo todo lo que el hombre escribía acerca de lo que debía ser una mujer.

—Mi querida, nunca olvides los goces del olfato. Un rico perfume deleita más que un manjar —se acercaba Valeria con otro consejo—. Acá tengo esta receta de mistura que me mandó desde Lima Amalia Merino de Vivero. Escucha bien:

Se cortan, separándolas del vástago y tallo, diamelas, heliotropos, violetas, cedrón, óleofragans, brocamelias, manzanilla, aromas, diosmas, alelí amarillo, malva de olor, jazmines y hojas de rosa de Jericó. Se acomodan estas flores en una canastilla de mimbres o de paja de tejido ralo, a fin de que les penetre la atmósfera. Se rocían estas flores con el extracto ya descripto.

—Esto te lo doy yo después —acotó para luego continuar:

A esta mezcla de flores se le llama mistura. Se cuelga, la canastilla que las contiene, a media altura bajo el sahumador, (secador) y puestas encima: primero las piezas de ropa interior, después los vestidos y últimamente las ropas de cama, sábanas y frazadas; se introduce bajo el sahumador el sahumerio, cuyo humo sube al través de la canastilla de mistura, arranca a esta sus variados perfumes, e impregna con ellos las ropas que cubren el sahumador, de manera persistente al agua, al aire y al tiempo.

La futura esposa les agradecía automáticamente, cansada por tantos consejos.

—Niña, hay que comprar nueces de la India, pasas de Corinto y jamones ingleses al almacén de la calle Perú 77. Lo mejor para el banquete de bodas —decía entusiasmada Edelmira.

"Felicitas, Felicia, niña, m'hijita".

El beso de Antonia la sacó de sus reflexiones.

—Hermanita, ¿qué se siente al ser la prometida de un señor tan importante?

Con una sonrisa llegó Catalina. Traía una sombrilla y en su brazo derecho, una muñeca. Se sentó al lado de Felicia y le dijo:

—Te imagino rodeada de hijos, cantando una canción de cuna.

—¡Qué niñas éstas! ¡Cómo las quiero! —dijo la novia abrazándolas.

María, regordeta y tímida, las observaba saboreando un sorbete debajo del paraíso.

Quince días estuvieron en San Isidro. Las mujeres no hablaron de otra cosa más que de la próxima boda. Hasta leyeron recetas y ensayaron algunas de ellas, probándolas todas. Sollito mojarra, causa, chupe limeño... A pesar del calor, una noche hicieron sopa de abril.

Comieron, conversaron, leyeron y durmieron bien.

Ya repuestas volvieron a la vida habitual de Buenos Aires. Allí las esperaban el señor Guerrero, los chicos y la servidumbre.

—¿Dónde está Carlos Francisco? —preguntó la mamá.

—Todavía en el campo, con Álzaga. ¡Se lo ve tan feliz en La Postrera! Me comentó Nicandro, el peón, que Carlos es el primero que se levanta y se va a caballo a arrear la hacienda. Lo han visto ordeñando vacas y aprendiendo a salar las carnes —comentaba el señor Guerrero con orgullo—. Parece que los otros días estuvo en Laguna Juancho y en La Pelada.

—¡Está bien! Pero tu hijo y don Martín ¿se acuerdan de que en menos de un mes será la boda? —preguntó preocupada la señora de Guerrero.

—¡Ah, mujeres! ¡Mujeres! Claro que se acuerdan. Dicen que Álzaga ya no sabe cómo engalanar La Postrera para pasar su luna de miel —contestó don Carlos mientras tomaba cariñosamente el hombro de su mujer—. Por otra parte, Carlos Francisco empezará también a trabajar conmigo —agregó.

Felicitas y Álzaga se casarían en San Ignacio, como lo habían hecho Carlos y su mujer diecisiete años atrás. Después de la ceremonia recibirían a la familia y a algunos amigos para compartir una cena íntima y un brindis.

A mediados de febrero don Martín llegó a Buenos Aires acompañado por el joven Carlos y algunos criados. Su futuro cuñado empezaba a convertirse en uno de sus más entusiastas y eficientes colaboradores.

Álzaga preparaba su casa para recibir a la futura esposa la noche de bodas. Por otra parte, el regalo de casamiento, la mansión de la calle Florida entre Bartolomé Mitre y Cangallo, ya empezaba a construirse.

La señora de Guerrero se alegró al recibir el paquete de París con su vestido y el traje de bodas de su hija. Encontró también una nota aclaratoria del modisto francés que, entre otras cosas, decía:

77

... Así ha sucedido, habiéndolo guarnecido con la mejor trencilla de seda negra (y no de lana o algodón) con el dibujo que verá Ud. con la muestra adjunta. Este adorno sencillo cuesta mucho más que otro cualquiera, por la inmensa labor para coserlo. Además de este trencillado (Soutouche) que lleva en el ruedo, en las bocamangas y demás partes donde es necesario, está guarnecido también con un encaje fino negro (guipure) que, sin ser tachado de lujo, constituye buen gusto, dando hasta cierta elegancia a la forma y al corte del vestido, y puede sin escrúpulo llevarse por una señora mayor.

En el cartón he hecho poner algunos retacitos del género de seda que ha sobrado y el vestido lleva dos cinturones de recambio...

Más adelante le describía el costurero que quería regalarle a Felicitas:

... es una caja elegantísima y rica, con lo necesario para labores de dama; de ébano, guarnecida exteriormente de concha nácar, que hace un lindo efecto sobre lo negro del ébano, e interiormente con una linda luna, caja de música con dos tocatas (un vals y una polca); dedal, estuche, tijeras y adornos de seda...

Inmediatamente la señora de Guerrero le escribió para encargarle un costurero para su hija.

Entre los preparativos de las familias, sueños y comentarios, llegó el día esperado.

—¡Mi niña! Ya es hora de levantarse —invitó descorriendo las cortinas Edelmira—. ¡Hoy es su casamiento! —exclamó emocionada.

Felicitas entreabrió sus ojos. Se sentó en la cama desperezándose.

—¡Ah! —bostezaba—. ¡Si lo sabré yo! —musitó la joven.

—¡A prepararse! ¡A la tina! ¡Vamos, vamos mi remolona! —ordenaba la mamá, quien iba entrando con una criada.

Mientras la futura esposa empezaba a tomar unos mates que le alcanzaba su nana, entró Tránsito.

—Edelmira, ya está todo listo. ¡Ayúdala a bañarse! —indicaba la tía.

La fututra señora de Álzaga terminó de tomar los mates de leche bien caliente y con los cabellos revueltos se dirigió al baño seguida por su nana. Al entrar, un perfume a lavanda humedeció su piel. Tocó el agua tibia con la punta del pie y después se sumergió. "Me gusta. Me siento abrigada como cuando era niña en los brazos de mamá", pensó.

—Tírame agua por la espalda. ¡Hum! ¡Me encanta! ¡Qué calentita está! —se hundía en la tibieza cerrando los ojos cuando de repente se estremeció—. ¡Ay! ¡Ja, ja, ja! No me hagas cosquillas en los pies —le dijo a su criada.

Después del baño, la negra empezó a frotar con aceite de almendras el cuerpo de su niña.

—¡Qué hermosa es! Escuche bien: cuando Diosito la casoree con don Álzaga su cuerpo será de él —le explicaba cepillándole la cabellera.

Felicitas se ruborizó.

—Abrígame que estoy temblando —dijo turbada.

La nana y su ama volvieron a la habitación, donde ya estaban esperándolas la modista y el maniquí que parecía sonreír entre la seda y las perlas del traje de bodas.

—¡Vamos, señorita Guerrero, a vestirse! —le indicó.

Con minuciosidad y emoción iban colocando una a una las prendas en el bello cuerpo de la futura señora de Álzaga. Cuando ya estuvo vestida, la nana emocionada dijo:

—¡Es un ángel mi amita!

La novia acarició el tul del velo. Mientras avanzaba hacia el tocador se miraba en la luna del espejo. Se sentó para escrutar con minuciosidad la imagen que le devolvía. Suspiró hondo. Empezó a sonreír mientras se perfumaba con una colonia francesa.

Las hermanas de Felicitas irrumpieron en la habitación exclamando:

—¡Qué belleza!

—¡Pareces un sueño! —dijo Catalina—. ¡Ojalá algún día pueda yo lucir así!

—Ante tu esplendor "la hermosa Gabriela" queda opacada —expresaba Antonia.

—Ay mi querida, estás cada día más soñadora con los folletines de *La Tribuna* —le respondió la futura esposa.

María se acercó. Quería decirle algo pero la emoción se lo impedía. Sólo atinó a besarla.

Felicitas se abrazó a sus hermanas y quedaron unidas en la ternura hasta que entró la madre. Al verlas se detuvo a contemplar por un instante el conmovedor cuadro.

Mientras tanto afuera Carlos padre y Álzaga caminaban por el patio comentando las últimas novedades:

—Me dijeron que llegó un folleto de Alberdi. ¿Sabes de qué se trata? —preguntó el novio.

—Justamente tengo aquí el artículo del diario. Comenta que ha llegado un folleto de Alberdi publicado en París acerca de la cuestión de la capital de la República. En el fondo es una adhesión a la idea popular y salvadora. El estadista se declara contrario a la idea de federalizar toda la provincia y sostiene la federación del municipio porque la primera da demasiado poder a Buenos Aires —contestó el futuro suegro. Luego agregó—: Vamos a tener que dejar los comentarios para otro día. Las mujeres nos esperan para ir a la iglesia.

Al rato los carruajes se encaminaron por la calle Bolívar para detenerse a pocas cuadras frente a la iglesia de San Ignacio.

El templo, de un estilo barroco algo atormentado, presentaba una sobria fachada. Curiosos alerones encuadraban la puerta principal, trazados en planta radiada para obtener un efecto de perspectiva. El templo recibía a la joven novia que entraba del brazo del padre. La música envolvía la emoción de la ceremonia.

Albina lloraba. Su amiga estaba casándose y su madre, doña Facunda, agonizaba. Sus profundas ojeras revelaban las noches en vela junto al lecho de la enferma. Quería sobreponerse para acompañar a Felicitas ese día. La novia al pasar a su lado le sonrió.

En el altar la esperaba el novio. Se lo veía muy emocionado.

El Ave María acompañó el "Sí, quiero" que los unía frente a Dios. Felicitas recibió el anillo de brillantes de la mano de su flamante esposo. Finalmente salían del brazo saludando.

—Ella, la más hermosa. Él, el más rico. Belleza y fortuna.

Juventud femenina y madurez varonil es la combinación ideal para la felicidad —comentaban algunos.

—¡Pobrecita, cuántos sueños ahogados al lado de un anciano! —decían otros.

La comida acalló los comentarios. Ricos manjares se ofrecían en el banquete nupcial.

—No, gracias. No tengo apetito —respondió Felicitas cuando su mamá le alcanzó un trozo del pastel de bodas.

Los padres festejaban la felicidad de ver, por fin, amparada y protegida la vida de la hija mayor. Conversaban animados grandes amigos: Bernabé, Félix Álzaga y Pablo Cárdenas. Valeria, Tránsito y Ángela Álzaga, hermana del novio, todavía enjugaban lágrimas de emoción mientras saboreaban los postres. Carlos Francisco atendía cortésmente a los nuevos parientes políticos.

Al rato llegó la hora de la despedida.

—Que seas muy feliz, hijita querida —dijo la señora de Guerrero besándole ambas mejillas.

—¡Mi niña! ¡Mi seora! —irrumpió en sollozos la nana mientras la ayudaba a cambiarse.

Pocos instantes después entró Tránsito para anunciarle:

—¡Vamos, apúrate! Tu marido te está esperando, mi querida sobrina.

La homenajeada no quería irse sin antes abrazar a su querida amiga. Pidió por ella pero le dijeron que había tenido que retirarse con urgencia. Su madre estaba muy grave.

Sin pérdida de tiempo salió con su marido hacia la casa de la familia Casares. Una vez allí Álzaga dejó solas a las amigas. Albina se abrazó a Felicitas para llorar el desconsuelo por la cercana muerte de su madre. Cuando la muchacha se quedó dormida junto al lecho de la enferma, la señora de Álzaga fue junto a su esposo, quien estaba en la sala haciendo compañía al consternado don Francisco.

Salieron del brazo por la calle Venezuela. Iban en silencio cuando casi tropezaron con una pareja oculta en la oscuridad. Ella, pequeña, se perdía en la corpulencia varonil que la abrazaba. Al reconocer a Ocampo, Felicitas quiso apurar el paso, pero él se acercó para saludar.

—Por un largo y feliz matrimonio, Álzaga —saludó con amplia sonrisa sin mirar a la flamante esposa.

81

—Muy amable, Ocampo —respondió don Martín.

—Con permiso y tenga usted muy buenas noches —se despedía tomando con fuerza la cintura de la joven que lo acompañaba. Fue entonces que miró intimidante a la recién casada, rozando su falda al pasar. Felicitas trastabilló. Álzaga la sostuvo. Ella respiró profundamente. Quería olvidar.

Después de caminar unos pocos metros entraron a la suntuosa mansión. Siguiendo las órdenes de don Martín los criados habían dejado todas las luces encendidas. Allí estaba aguardándolos Edelmira. Al verla la muchacha la abrazó.

—¡Gracias por venir a vivir con nosotros!

La negra mientras miraba al marido por detrás del hombro de la esposa dijo:

—¡Mi niña, debo retirarme! Su señor la espera. Vaya usted con Dios —le dio un beso y salió casi corriendo para ocultar la emoción del momento.

Felicitas y Martín quedaron a solas. La araña de bujías con fanales y caireles iluminaba la figura de la mujer. La flamante esposa sonreía a los espejos de Venecia mientras acariciaba la seda y los flecos del damasco con que estaba tapizada la pared.

Cuando él quiso ir por detrás a abrazar su cintura, ella se retiró coqueta diciéndole:

—Hemos tenido un día muy agitado. ¿Qué le parece si comemos algo dulce? —y desapareció dejando al flamante esposo con un especial gusto en la boca.

Él imaginaba la sutil fascinación de compartir con su exquisita mujer un encuentro previo al amor. El tiempo se nutría de la ansiedad de la espera.

El perfume le anunció la llegada de su esposa. Venía sonriendo con una bandeja en sus manos. Con su mirada lo invitó a sentarse sobre la alfombra. Lentamente comenzó el ritual de partir el postre para ofrecerlo a su esposo. La joven empezó a saborear el dulce entre los labios. Sin dejar de mirarlo a los ojos muy bajito le empezó a contar:

—Anoche hice este postre especialmente para usted.

La picardía encendía sus mejillas. Comenzó a darle de comer en la boca mientras le relataba la receta.

—Ayer le pedí a mi nana que consiguiera leche de primera calidad, fresca, tibia...

Álzaga devoraba con la mirada a esa muchacha sensual que desde esa noche era su esposa. Ella acomodó su bata rosada dejando ver como al descuido su frágil tobillo. Él seguía gozando la dulzura del postre sin dejar de admirarla embelesado.

—Entonces puse a hervir a fuego lento la leche con una libra de azúcar blanca —sostuvo el lazo de seda de su bata que se había deslizado mostrando con libertad la blancura de su hombro desnudo. Se acarició el cuello. Transpiraba.

—Cuando estuvo bien caliente le añadí doce yemas y seis claras bien batidas junto a la ralladura de la cáscara de dos limones. —Esta vez, cuando acercó el tenedor a los labios del esposo, él le retuvo la mano para besarla suavemente. Ella como sin darse cuenta continuó:— Todo lo eché en una budinera y en el momento en que la masa comenzó a despegarse de sus paredes lo rocié con una copita de curaçao. —El marido empezó a acariciarla. Ella, ya muy cerca, le dijo:— ¿No siente el perfume del licor?

—Sí, mi amor. Pero nunca será tan exquisito como el de tu piel.

Esta vez él la atrajo hacía sí. Colocó la cabeza de la muchacha sobre sus piernas, tomó con ambas manos el rostro joven y preguntó:

—¿Cómo se llama esta delicia con que embrujaste mi paladar y tus labios?

—Ambrosía, mi amor. ¿No es poético el nombre?

El hombre no le respondió. Ya la estaba besando.

Rodaron sobre la alfombra sin dejar de acariciarse. Ella temblaba. Se sentía envuelta en la fogosa pasión. Trataba de disimularla. Los pensamientos se agolpaban en su mente.

"¡Felicia! ¿Por qué tanto temor? Sus fuertes manos me acarician. Me dejo llevar... Mi cuerpo, entre sus brazos. Mi enagua de raso se abre como una flor entre sus dedos. Separa mis muslos. Penetra en mí. ¡Duele! Mis pezones se erizan sorprendidos ante la humedad de sus labios. Se tornan gozosamente erectos. Necesidad primordial de unirme a su movimiento. '¡No te muevas, Felicia! ¿Qué va a pensar tu marido?', me digo una y otra vez. Pero el empecinado deseo ya es indomable. Todo mi ser quiere ir a su ritmo. El sudor empapa mis cabellos. Esto no está bien. Esto es para las otras. Pero... ¡hoy soy la otra!"

Alcanzó a morder con fuerza la puntilla de la almohada para ahogar su grito de placer. Sintió un torrente cálido dentro de sí.

El marido, su señor, pudo pregonar su goce.

—Ya eres mía. Ya eres la mujer de Martín de Álzaga. —dijo triunfante.

Simuló estar avergonzada. Es lo que correspondía a una señora decente. Le dolía el cuerpo. El esposo dormía; ella, no. Daba vueltas en la cama interrogándose: "¿Qué me pasó? ¿Quién soy yo? ¿Una dama o una cortesana?".

La mansión de la calle Venezuela dormía. La oscuridad cobijó el sueño del nuevo matrimonio.

Era casi la madrugada cuando se oyó el griterío de un bar.

Eran Silvio, Elías y otros invitados a la boda de Álzaga. Habían salido demasiado alegres de la fiesta. Entre el grupo de hombres se lo veía a Cristián tímido y triste. El jovencito se había dejado llevar por los mayores hasta ese lugar nocturno; ya nada le importaba.

—Escuchen esto —dijo Silvio con unas copas de más. Está en *La Tribuna* de hoy: "Código de amor ó Arte de amar y ser amado". ¿Qué opinan? —preguntó burlón—. Es posible que este librito que ofrecen le pueda servir a un amigo un tanto melancólico.

—No estoy de acuerdo —respondió riendo Elías—. Creo que es demasiado tarde. La joven pretendida se ha casado hoy.

—¡Pobrecito, qué tragedia! ¿Sabés de quién se trata, Cristián? —dijo uno del grupo mientras le palmeaba la espalda.

—¿Quieren terminar ya? —pedía el joven Demaría.

Ignorándolo, Elías continuó:

—"La obrita que ofrecemos contiene, entre otras curiosidades, el arte de elegir la mujer que nos conviene; el modo que se han de dar las citas..." Bueno, bueno, esto sí que es para usted, señorito. A ver si aprende a escoger mejor a la próxima jovencita y a no entrometerse en la vida de una comprometida, aunque sea medio pariente.

84

—¡Basta, no lo tolero más! —gritó el acusado.

—Toma, toma. Un hombre se hace a golpes, que sólo se calman con alcohol. ¡Mozo, más champagne!

Mientras le servía uno y otro trago, prosiguió:

—Escuchen cómo termina este anuncio comercial: "...medios facilísimos para lograr la reconciliación entre los amantes disgustados; otra infinidad de cosas que no se pueden detallar por hallarse en un tomo con tapas y filetes dorados que se vende en la Librería de la Unión, Rivadavia núm. 100, por la friolera de 15$".

—¡Vamos ya! —gritaron los más ebrios—. Todos a la Librería de la Unión. ¿Para qué están los amigos si no es para ayudarse en momentos como éste?

Cristián Demaría quiso irse. Se incorporó. Lo habían hecho beber demasiado. Avanzó tambaleando hasta tropezarse con el piano. Todos se rieron. Uno de ellos se acercó al joven. Mientras tocaba su ropa le decía:

—Pero, ¡qué barbaridad! Se ensució la levita de terciopelo negro. ¡Oh, cómo quedaron sus puños de encaje y su corbata blanca! Pobrecito, no se lo ve tan elegante como siempre.

—Antes de que termine siendo una calamidad propongo llevarlo a una de esas casas públicas que el señorito todavía no conoce —después de reírse groseramente prosiguió—: Tal vez allí encuentre a alguna 'damita' que lo haga olvidar a su imposible 'Julieta'.

Lo arrastraron a un conocido prostíbulo. El joven, mareado y confundido, no sabía qué estaba haciendo. Dolor, borrachera, vergüenza, despecho; demasiado para una sola noche.

Al entrar en la habitación un perfume dulzón e inaguantable lo abrazó. Lo desnudaron. Hábiles manos de mujer tomaron sus genitales. Fue entonces que buscó los labios de Felicitas. La muchacha evitó el beso y a cambio le ofreció sus pezones. El alcohol exaltaba aun más el atractivo de Cristián. Melena oscura a lo trovador, rostro pálido, ojos enormes. Sus facciones angelicales adquirían una sensual madurez. Se lo veía gallardo e imponente cabalgando sobre su primera mujer.

Noche inaugural de macho.

Después, el silencio. La luz matinal iluminaba el cuarto

de la prostituta. Semidormida se incorporó en la cama para observar al muchachito.

—¡Olalá! Se quedó dormido. ¡Qué buen mozo eres! ¿Quién será Felicitas? ¿Tu novia, *mon cherie*?

Estaba acariciando el cabello sobre la frente de Cristián cuando encontró algo:

—¿Qué es este papel que se cayó de tu bolsillo?

A UNA MUJER

"Ésta es un alma encantadora"
Diderot

Mujer, si fuese rey yo te daría mi reino,
mi dorado dosel y mi cetro de oro,
mi corona real y mis baños de mármol
y mis flotas que el mar domaron con sus quillas
¡por sólo una mirada de tus ojos!

Mujer, si fuese Dios te daría la tierra,
ángeles y demonios sojuzgados a mi ley;
el infinito caos de fecundas entrañas,
la eternidad, el espacio, los cielos y los mundos
¡por sólo un beso de tus rojos labios!

Victor Hugo

—¡*Mon Dieu*, Hugo! Pero, ¿qué me está pasando? Este poema endulza mi alma. ¿Quién soy yo? ¿Una cortesana o una dama?

5

ORDENANDO LA CASA

Después de la boda Felicitas siguió visitando a su familia casi todos los días. La casa de la calle México era lugar de tertulia de parientes y amigos.

—Hace dos años que falleció mamá. No tengo consuelo. ¡La extraño tanto! Papá parece un niño perdido en una casa deshabitada. ¿Qué sería de nosotros sin el cariño de tu familia? Mira, Felicia, allí, en la sala... Me parece increíble verlo conversar con tu padre y tu marido. En casa apenas habla.

—Mi querida Albina —dijo Felicitas—, mi familia y yo estamos contentos de poder cobijarlos —acarició su mano mientras con la otra le servía un mate de leche—. Tienes que reponerte. Estás delgada y palidísima.

—¡Como para no estarlo si apenas prueba bocado! —interrumpió la señora de Guerrero, quien llegaba con una bandeja de masitas y alfajores.

Las mujeres estuvieron un buen rato charlando de modas y folletines. Los hombres comentaban los gravísimos acontecimientos. Francisco Solano López era presidente del Paraguay desde el 10 de septiembre de 1862, fecha de la muerte de su padre.

—En Brasil ya se sabe que la guerra contra el Paraguay es inminente —comentaba Guerrero.

—Francisco Solano López no se limitará a defender el Paraguay como su padre: muestra el propósito de ser quien encabece una política hispanoamericana en el Plata —agregó Álzaga con orgullo.

—El presidente Mitre y el parlamento brasileño muestran su actitud imperial. Tildan de bárbara la actitud del Paraguay —decía Casares.

Carlos Francisco se acercó para añadir:

—Ya todos saben que Mitre llama "el Atila de América" al presidente de Paraguay.

Uruguay tenía puestas las esperanzas en Paraguay como única solución frente a las agresivas actitudes de Brasil y Argentina. Juan José de Herrera envió a Antonio de las Carreras, jefe de los amapolas, a dialogar con López. Más tarde Herrera afirmaba que el inesperado desenlace había creado una situación de peligro para su país. Opinaba que Brasil y Argentina trataban de ponerse de acuerdo para asumir, conjuntamente, una actitud alarmante. Su gobierno necesitaba saber cuál era el tipo de apoyo que debía esperar del Paraguay, y cuál el auxilio que eventualmente estarían resueltos a prestarle en caso de ataque contra el Estado Oriental.

Paraguay iba a juzgar cualquier ocupación del territorio oriental apetecido por Brasil como un atentado contra el equilibrio pacífico de los Estados del Plata. Los diarios de Mitre, que primero exhortaban a los comandantes brasileños a pasar la frontera y apoderarse de las ciudades orientales, después de las declaraciones del Paraguay se mantuvieron neutrales.

Las tensiones crecían. Después de la lección de Paysandú, desde el 31 de diciembre de 1864 al 2 de enero de 1865, López defendió al Uruguay y Argentina se alió a Brasil. La opinión federal era favorable al Paraguay y contraria a la política de Mitre.

En el escritorio de Carlos José Guerrero se podían ver *El Río de la Plata* y *El Argentino,* de José Hernández, diario editado en Paraná, donde se aplaudían los gestos del Supremo paraguayo. Más tarde esta actitud iba a ser también la de Carlos Guido Spano desde *La América,* en Buenos Aires, y la de Olegario V. Andrade en la prensa de Concepción del Uruguay.

Era primavera. Las mujeres estaban en el patio delantero de la acogedora casa de la familia Guerrero.

Felicitas las invitó a escuchar unos versos de Andrade:

¡Sombra de Paysandú! ¡Sombra gigante
que velas los despojos de la gloria!

Urnas de las reliquias del martirio,
¡Espectro vengador!

¡Sombra de Paysandú! ¡Lecho de muerte
donde la libertad cayó velada!
¡Altar de los supremos sacrificios
yo te vengo a evocar!...

La joven señora de Álzaga interrumpió abruptamente su expresiva lectura cuando Tránsito advirtió:

—Felicia, querida, te has puesto pálida de repente. ¿Qué te ocurre?

—No sé. Tal vez algo que comí. ¡Ay! Me siento tambalear. Floja... Todo me da vueltas...

Al ver que la muchacha perdía el equilibrio Edelmira corrió a sostenerla.

—¡Ay, mi niña! La niña se ha desmayado —vociferaba la nana.

—¡Aflójenle el vestido! —aconsejaba la mamá.

Todas corrieron a abanicarla. En un rincón Catalina, quien en ese entonces tenía diez años, estaba muy asustada. Su hermana se había desmayado. La llevaron a la habitación de sus padres. La acostaron. Al rato llegó el doctor Montes de Oca. Gente que iba y venía cuchicheando. La niña estaba preocupada porque nadie respondía a sus preguntas.

—¡Catalina, qué chiquilla más curiosa! —le decía la abuela—. ¡Ay, ay, ay! Las niñas no deben hacer preguntas.

—Pero, ¿por qué tantos secretos? Abuela, quiero saber...

Se quedó arrinconada, lagrimeando. Espiaba por los pasillos. A ella no la iban a convencer así como así. Algo había cambiado en la vida de su hermana.

Cuando advirtió que nadie merodeaba por el corredor fue en puntas de pie hacia la habitación de sus padres, donde en esos momentos era examinada Felicitas. Se acercó todo lo que pudo a la puerta. Se levantó los cabellos para escuchar mejor...

—Sí, doctor... Hace dos meses que... bueno... nada. No sé qué me está pasando.

—¡Hum! Este estómago está crecido... —luego de unos minutos expresó—: Felicitaciones, mi querida sobrina.

Catalina no podía entender por qué se felicitaba a una mujer por sentirse mal.

—¿Qué hacés aquí, niña, en camisa y descalza? Pero, ¡caramba! —dijo la tía Valeria cuando iba a entrar al cuarto.

—Ay tiíta, no puedo dormir sin mi muñeca! No sé dónde la he dejado —le mintió.

—Pues te aseguro que en los aposentos de tus padres no está. Mira, vamos a buscarla.

Valeria la tomó de la mano. Bajaron las escalinatas. Recorrieron la sala, la cocina... y nada. No tenía escapatoria. ¡La tía era de lo más insistente!

Después de dar vueltas y más vueltas por toda la casa la llevó a su cuarto. La pequeña temblaba. ¡Cómo le hubiera gustado salir corriendo! Pero ya era demasiado tarde. Abrieron la puerta sin hacer ruido para no despertar a Antonia. Allí, muy oronda sobre la cama, lucía sus rubios bucles y sus rosadas mejillas la desaparecida muñeca.

—Catalina, niña pícara —dijo la tía dándole una palmada en la cola.

Luego la acostó, la arropó y le dio un beso dejándola con todas sus incertidumbres en la oscuridad de la noche. A pesar de su inquietud penetrando las sombras, se quedó dormida.

Se despertó muy temprano, sobresaltada. Estaba inquieta. Sin hacer ruido salió del cuarto. Mientras bajaba las escaleras la niña escuchó voces que venían del comedor.

—Habrá que empezar a preparar el ajuar —comentaba Tránsito a la señora Guerrero.

—Esta misma tarde empezaré a tejer. ¡Qué alegría, en pocos meses llegará la cigüeña! —le respondió.

La niña quedó asombrada ante la noticia. ¡Su hermana mayor iba a ser mamá y ella... tía!

—¿Qué hace, niña Catalina, a estas horas sentada en la escalera? —preguntó su nana que iba a llevarle un pavo a Edelmira.

—M'hijita, ve a la cama. Es muy temprano para estar despierta. ¡A dormir un rato más! —le advirtió la mamá.

—Edelmira, lleva pronto ese pavo que Felicitas debe comer bien y abundante —aconsejó la tía.

Catalina no entendía por qué su hermana tenía que comer más. Nadie le contestaba. Los grandes le aconsejaban no hacer preguntas, la llamaban niña impertinente, que "ésas no son cosas para chicos..." Interrogantes sin respuestas, secretos, cuchicheos...

Volvió a su cama. Daba vueltas y más vueltas.

—Catalina, por favor, déjame dormir un poco más —le suplicaba Antonia. Pero ella quería develar los misterios que encerraba su hermana desde que se fuera de casa tres años atrás para ser la señora de Álzaga. Era una señora, pero seguía siendo su hermana. Se veían todos los días como antes, la única diferencia era que, desde su boda, vivía con el marido en la calle Venezuela. ¿Se sentiría bien? ¿Por qué debía comer más que antes?... La cigüeña iba a traerle un bebé...

El sol acarició su cara. La hizo parpadear. Antonia estaba en su tocador cepillando su hermosa cabellera. Al rato retomó la lectura del folletín de *La Tribuna* que había guardado entre sus papeles preferidos. Estaba apasionada por *Los Miserables*, de Victor Hugo. Sin que se diera cuenta, Catalina se asomó sobre su hombro para leer:

Folletín
Los Miserables
por Victor Hugo (traducción europea)
Tercera parte – Marius
Tomo sexto

La emboscada
La puerta del cuarto acababa de abrirse bruscamente y dejaba ver a tres hombres con blusas azules, enmascarados con caretas de papel negro.

El primero era delgado y llevaba un enorme garrote; el segundo, que era una especie de coloso, tenía en la mano, por la mitad del mango y con el hacha hacia bajo, un destral de los que se usan para acogotar las reses.

El tercero, rechoncho de espaldas, menos flaco que el primero menos macizo que el segundo, llevaba empuñada una enorme llave robada de la puerta de alguna cárcel.

Parece que lo que esperaba Joudrette era la llegada de aquellos hombres. Un diálogo rápido se cruzó entre él y el hombre del garrote, el flaco.

—¿Está todo listo? —preguntó Joudrette.

—Sí, contestó el hombre delgaducho.

—¿Pero, dónde está Montparnasse?

—El primer galán se ha detenido ahí fuera hablando con tu hija.

—¿Con cuál de ellas?

Antonia estaba tan concentrada en la lectura que no se daba cuenta de la presencia de Catalina.

—Con la mayor.

—¿Hay abajo un fiacre?

—Sí.

—¿Está enganchado el bisdoston?

—Está enganchado.

—¿Con dos buenos caballos?

—Excelentes.

—¿Espera donde yo dije que esperase?

—Sí.

—Está bien, dijo Joudrette.

El señor Leblanc estaba muy pálido...

En ese momento la niña saltó y tapándole los ojos le preguntó:

—¿Adivina, adivinador, quién soy?

—¡Ay! ¡Socorro! —gritó Antonia

Cuando se dio cuenta de que había sido su hermanita la causante del susto empezó a correrla por la habitación. Saltaban sobre las camas, volaban las plumas de los almohadones, hasta que Antonia pisó la cinta de su bata cayendo sobre la alfombra.

—¡Grandísima bribona! Casi me matas del susto.

—La culpa la tiene Victor Hugo y sus *Miserables,* no yo. Te atrapa. Te mete en su mundo. Estás aquí pero no se puede conversar contigo. Cada vez que traes *La Tribuna* del escritorio de papá me es imposible hablarte.

—¿A ver, señorita impertinente, de qué quiere platicar conmigo? —le preguntó Antonia.

—De algo muy pero muy importante. Se refiere a Felicitas.

—¿Qué le pasa? —preguntó.

—Nada más ni nada menos que va a ser mamá. Y tú y yo, tías. ¿Te parece poco?

—¿Qué estás diciendo?

—Lo que escuchaste, mi novelera hermanita. Deja por un instante los folletines. Mira, husmea, escucha tras las puertas y sabrás lo que ocurre en tu familia. Pronto va a llegar la cigüeña.

—¿Es verdad?

—¿Pero, cuándo te he mentido?

Entre risas y proyectos Antonia y Catalina pasaban los meses de la dulce espera de la joven señora.

Felicitas vivía dichosa llevando dentro de sí una nueva vida. Además Álzaga, su marido, era un hombre fuerte. A su lado se sentía protegida.

Muchas veces extrañaba el campo. Le gustaba ir a las estancias. Allí iba aprendiendo sobre ganado y venta de tropas. Cuando se sentía bien no dudaba en acompañar a su esposo. En Laguna Juancho disfrutaba la brisa del mar y el paisaje de sus médanos, mientras que en La Postrera se deleitaba con el espectáculo de las multicolores aves del río Salado y la magia del monte de talas.

En uno de los fugaces viajes al campo se detuvieron en La Azotea Grande. Estaba situada a una legua de La Postrera. Era una casa de ramos generales, pulpería y posta que había sido fundada por Pedro Ruiz el año anterior, 1865. A la vera del camino de las carretas que iban al sur se fue transformando en descanso habitual del matrimonio Álzaga.

Una calurosa tarde de verano la joven esposa, que se sentía algo mareada a causa de su estado, le pidió a su marido que se detuvieran en La Azotea. Mientras ella tomaba el elixir digestivo de peperina, excelente para suprimir náuseas y males estomacales, don Martín se levantó para saludar a su amigo Pedro Luro, quien por ese entonces tenía una importante tropa de carretas que efectuaba el viaje de Buenos Aires hacia los campos del sur llevando provisiones a las pulperías.

—Mi amigo, don Pedro. ¡Qué gustazo volver a verlo! —le dijo palmeando su espalda.

—Lo mismo digo, Álzaga —contestó Luro con una sonrisa.

Se sentaron a la mesa. Felicitas, que ya se sentía más repuesta, compraba provisiones con Edelmira. Los hombres empezaron a conversar amablemente de sus negocios mientras pedían una Hesperidina Bagley bien fría. Por ese entonces se consideraba el delicioso refresco como la bebida "que suaviza los ardores del estío en climas cálidos". Se recomendaba prepararla con una cucharadita de azúcar refinada, dos de Hesperidina Bagley, una onza de hielo y medio vaso de agua fresca.

Cuando caía la tarde don Martín se despedió de su amigo Pedro para continuar el viaje de regreso a Buenos Aires. Ése fue uno de los pocos viajes que el matrimonio realizó en los primeros meses del 66. Por lo general, la señora se quedaba en la casa cuidada por Edelmira. Estaba pesada y sus piernas se hinchaban cada vez más. A pesar de estos inconvenientes físicos estaba más feliz que nunca. Pasaba las tardes preparando el ajuar del bebé y conversando con su mamá, con Tránsito o con Albina. Tejían, bordaban y hasta hacían proyectos sobre la educación del niño. Los días se sucedían apacibles.

Una tarde una mujer se anunció a la servidumbre: quería conversar con la señora de la casa. Era la hora de la siesta. Ella estaba recostada descansando cuando Edelmira entró a la habitación.

—Niña, una seora quiere verla.

—¿No sabes de quién se trata? Pregúntale el nombre y vuelve, por favor. A estas horas de la siesta no estoy de humor para recibir visitas —le dijo.

Necesitaba reposar. Deseó que la inesperada visita volviera en otro momento. Esa noche su marido llegaría del campo y quería recibirlo descansada.

Al rato la criada volvió a golpear la puerta. La expresión de su rostro resultaba alarmante:

—¡Seora! —dijo agitada la criada mientras se persignaba—. Se llama, se llama...

Felicitas se incorporó intrigada, rogándole a su nana:
—Vamos, dílo de una vez por todas.

La negra tragó saliva, respiró hondo, levantó la cabeza y sin mirarla a los ojos respondió:
—Se llama Ángela Álzaga.

Un poco más tranquila, la señora, caminando por su habitación, respondió:

—¿Mi cuñada? ¡Qué raro a estas horas por aquí y sin avisarnos!

—No, no es ella. Conozco bien a la hermana del señor. Ésta es más joven —se acercaba a su ama con angustia en la voz.

Felicitas se paró frente a la negra y con tono firme le preguntó:

—Díme, ¿cuántos años tendrá?

—¡Ay, seora! Lo mesmito que usted, año más año menos.

Se sentó para ordenar:

—Hazla pasar.

Se sentía intrigada y fastidiada al mismo tiempo. Se puso una bata blanca de satén sobre la camisa de linón rosa. Se arregló sus cabellos con una cinta y se sentó en su silloncito a esperar a la joven desconocida.

No había pasado mucho tiempo cuando se escucharon pasos que se acercaban a su habitación. Edelmira abrió la puerta para dar paso a una mujer de alrededor de veinte años. Sobriamente vestida; su figura era distinguida y elegante. Al levantar la cabeza la señora de Álzaga miró su rostro que indudablemente tenía el aire de familia de su esposo.

—Mucho gusto, señora —dijo Felicitas tendiéndole la mano.

—¡Encantada! —La desconocida se sentó en una silla tapizada de damasco dorado.

Apoyando suavemente su bolsito de raso sobre la falda preguntó:

—¿Usted sabe quién soy yo? —se la veía extrañada, mirando de soslayo el retrato de Álzaga sobre la pared izquierda. Apretaba con fuerza el abanico.

Por fin Felicitas respondió:

—No tengo el gusto —y empezó a abanicarse. Trataba de disimular su inquietud.

Ángela, sacando un pañuelito de su bolso para secarse el sudor, con un temblor en la voz dijo:

—Bueno, está bien. —Sin poder mirar la cara de la dueña de casa, con los ojos fijos en la ventana abierta prosiguió:— No voy a ir con rodeos. Soy hija de su marido.

—¿Queeé? —Felicitas creyó que iba a desmayarse. Sintió un sudor frío que subía desde la columna vertebral hasta instalarse pesado en su nuca.— ¿Cómo dice usted? —quería entender lo que estaba ocurriendo.

Esta vez Ángela fijando sus ojos en la sorprendida señora dijo altanera:

—Parece que no me ha entendido bien. ¿Quiere que se lo repita?

Desabrochando algunos botoncitos del cuello de su bata respondió:

—No, gracias. No me hace falta —se secaba el sudor de su rostro y empezaba a abanicarse.

—¿Se puede saber quién es su madre?

—Se llama María Camino. —Volviendo los ojos al retrato de su padre prosiguió:— Es una mujer que le dio a Martín de Álzaga cuatro hijos. Se conocieron en Brasil. Compartió con él la cama y la mesa. Escuchó más de una vez las confidencias de ese hombre rico y poderoso que hoy es mi padre y su marido.

Todo le daba vueltas. Quería mantener la compostura pero la realidad era demasiado fuerte. Ordenó sus cabellos, tal vez como intentando calmar los pensamientos, y le pidió a la negra:

—Té para dos, Edelmira. Para mí una tila.

—Para mí también —acotó Ángela.

Parecía que el tiempo de llegar la negra con el encargo de su ama se hacía eterno. Permanecieron en un incómodo silencio. Ángela caminó hasta la ventana para tomar aire mientras Felicitas permanecía sentada abanicándose, con los labios apretados; sus ojos empezaron a empañarse.

Cuando Edelmira entró con las tilas, Ángela se dio vuelta mientras la joven señora de Álzaga se secó las lágrimas con disimulo detrás de su abanico.

—Bien, bien. Ésta es la situación. Por cierto, nada agradable para ninguna de las dos. Pero es así —después de tomar un sorbo de la tranquilizante infusión continuó—: Además de informarme sobre nuestro lejano y hasta hoy desconocido parentesco, ¿a qué debo su visita? —Su voz le sonaba ajena y extrañamente segura.

—Es usted increíble Felicitas Guerrero. Admiro su entereza. Debo confesarlo, mal que me pese —ahora era ella, la hijastra, la que tartamudeaba.

Tomaron las tilas en silencio, casi sin mirarse, cada una en su propio mundo, reflexionando acerca de cómo salir airosas de tan embarazosa situación.

La dueña de casa empezaba a sentir náuseas y sensación de mareos. Ya no soportaba más. Simulando una fortaleza que no poseía expresó:

—Somos mujeres. ¿Le extraña a usted la doble vida de su padre? Pues fíjese que a mí no. De cualquier modo, lamento mucho todo esto. No es para nada agradable. —Respirando hondo continuó:— Y ahora discúlpeme, debo ir a tomar el té con mi familia que me espera en su casa. —Felicitas se levantaba para despedirla. Al advertir su estado Ángela se disculpó.

—Señora, no había reparado. Mis hermanos y mi madre tampoco sabían de su inminente maternidad. Si no, no me hubieran solicitado que la entrevistara. Disculpe y tenga usted buenas tardes.

Al cerrarse la puerta Felicitas se echó de bruces sobre la cama. Lloraba toda la angustia contenida, por entender una vez más que la vida no se parecía a los folletines, ¿o tal vez sí?

Lo cierto es que cuando su nana regresó la joven volaba de fiebre. Al atardecer llegó Albina, quien al enterarse de lo sucedido no paraba de protestar:

—¡Qué barbaridad! ¿Cómo pudieron dejar entrar a esa mujer?

—No sabíamos quién era, seorita Albina —se disculpaba la criada—. Que este disgusto no enferme ni a la mamá ni al criadito que lleva adentro —se persignaba la negra.

—Tengo que hablar con los padres. Esto no puede quedar así. Esta noche llega don Martín. Tenemos que saber cómo encarar este asunto sin que lastime a Felicia. Por ahora dejémosla descansar. Bajemos al salón, Edelmira.

La señorita Casares decidió conversar cuanto antes con los señores Guerrero. Por lo tanto, enseguida le encargó a Edelmira que los llamara.

Cuando llegaron, sin ningún prólogo, les dijo:

—Disculpen mi atrevimiento por haberlos convocado de este modo tan sorpresivo pero, cuando sepan la causa de mi preocupación, seguramente me comprenderán. Felicitas está descompuesta en su habitación. Hace pocas horas tuvo un gran disgusto por la visita de alguien que ella no conocía. Se trata de... ¡No sé cómo decírselo! —Ella también estaba nerviosísima y a punto de llorar—... de Ángela Álzaga, hija mayor de don Martín y de una tal María Camino.

La cabeza le dolía, parecía que iba a estallar. Los gritos de doña Felicitas se le hicieron insoportables.

—Pero, ¿qué estás diciendo, muchacha? —nunca la había visto tan disgustada. Se volvió furiosa hacia su marido—: ¿Escuchaste bien, Guerrero?

Con un tono tranquilizador y con un aplomo sorprendente, respondió:

—¡Cálmate, mujer! Déjalo en mis manos. Éste es un asunto que se arregla entre hombres. Todo está bien.

—¿Qué? ¿No te sorprende? —después de mirar a los ojos a su marido doña Felicitas lo acusó—: Tú lo sabías todo, Carlos. ¡Dios mío! ¡Qué horror! ¡No puedo creerlo! —vencida se desplomó en el sofá para llorar su desconsuelo.

Sin palabras cada uno fue retirándose del salón. Cabizbajos, reflexionando sobre lo ocurrido volvieron a sus quehaceres.

Albina subió las escaleras para ver si su amiga estaba mejor. Al entrar se sorprendió al verla sentada en su cama leyendo un libro. Estaba tan concentrada que no la había escuchado abrir la puerta.

—¿Interesante el libro?

—Oh, discúlpame, Albina, no te había visto.

—¿Qué estás leyendo? —le preguntó.

—*Graziella*, de Lamartine, es un muy buen remedio para poder soportar la realidad que hoy tengo que vivir —respondía con una triste sonrisa—. El autor idealiza los hechos en exceso suavizando defectos y cualidades en su prosa poética.

—¡Hum! Así que tenemos que agradecer a "nuestro amigo" Lamartine de haberle devuelto a usted el ánimo, mi querida señora —le dijo contenta al verla repuesta.

—Ay, mi querida, ¿qué otra cosa puedo hacer hoy? Por ahora sólo quiero pensar en mi hijo —empezó a pasarse la mano nerviosa por el pelo. Dibujaba una forzada sonrisa acompañando la humedad de sus ojos.

—Felicia, claro que hay que ocuparse en primer lugar del niño que está por llegar. Mira, yo sigo tejiendo y bordando batitas. Ayer compré en la calle de la Piedad unas puntillas españolas preciosas y, en Potosí, un linón finísimo para coser las primeras sabanitas. Quería darte la sorpresa, pero, ya ves, no pude —le dijo para animarla.

Felicitas no podía más. *Graziella* rodó por la alfombra mientras ella se abrazaba a su amiga:

—¡No quiero verlo! —lloraba—. Por favor, que no venga a mi habitación. ¡No quiero!

—¡Tranquila, amiga mía! Recuerda: el niño —la consolaba Albina acariciándole la cabeza con ternura—. Es su pasado, tú eres el presente.

—¡Pero no me dijo nada! ¡Es horrible!

—Vaya a saber uno por qué no te lo dijo. Los hombres son muy fuertes para algunas cosas pero para los sentimientos siguen siendo niños temerosos e inseguros —respondió Albina.

—¡Estoy triste, mi amiga! —dijo más calmada. Se le notaba una profunda desilusión. Vencida, apoyó su cabeza en el almohadón de plumas.

Albina la abrigó. Hacía mucho frío. Encargó que encendieran los braseros y, besándole la frente, le dijo:

—Bueno, es tarde. Toma la sopa que te hizo Edelmira y descansa.

—Gracias, Albina. ¡Ya estoy mejor!

La amiga salió de la casa.

Según la partera faltaba muy poco tiempo para el alumbramiento y la señorita Casares estaba preocupada por la difícil situación que estaba atravesando la futura mamá. Intuía que este primer incidente con la otra familia de don Martín de Álzaga era el comienzo de un torbellino de acontecimientos que iban a alterar la paz del hogar.

Estaba muy preocupada. Esa noche le resultó muy difícil conciliar el sueño. A la madrugada la despertó una de sus criadas:

—¡Señorita Albina, despiértese! Abajo está la nana de la señora Felicitas. Pide por usted. Parece que pronto llegará el niño —dijo agitada.

Saltó de la cama. Enseguida se encontró en la calle, casi sin darse cuenta.

Amanecía. Las primeras luces del sábado 21 de julio de 1866 iluminaban la ciudad. La nana de la futura mamá y la señorita Casares subieron más que volando las escaleras que las llevaban hasta la habitación. Felicia estaba junto a su madre y a una de sus criadas. Se quejaba. La amiga le besó la frente, estaba empapada en sudor.

—¿Llamaron a la partera? —preguntó desesperada.

—Sí, ya fueron por ella dos criadas y el cochero. No tardará en llegar —respondió la señora de Guerrero.

No había terminado de responderle cuando llegó Aurelia Baracchi, la partera de la calle Maipú. Casi sin saludar les pidió:

—Hiervan más agua. Paños, telas. Pero rápido que ya viene. ¡Vamos, a moverse, aprisa! —ordenaba.

Albina le alcanzó el primer paño que la partera colocaba en el vientre de la parturienta para relajarlo mientras introducía sus hábiles dedos para controlar al bebé.

—¡Ay! ¡Dios mío! ¡No doy más! —gritaba Felicitas.

—Dénle de beber algo bien fuerte y después ayúdenla a colocarse justo al borde de la cama.

Las mujeres hacían todo lo que la profesional les ordenaba.

—Un poco más adelante. Bien, así está mejor, señora de Álzaga. Y ahora... ¡Con fuerza! —pedía una y otra vez. Debido al efecto del alcohol y al intenso dolor estaba mareada. Se sentía como si hubiera pasado la barrera de todo sufrimiento. La cabecita de su hijo estaba empujando hacia la vida. Una felicidad inmensa, diferente, transformaba el dolor. Otro ser salía de su ser.

El primer llanto inundaba el cuarto como diciendo "¡Aquí estoy yo!".

—Bendito sea el Señor. Es un varón —comentaron que había dicho el marido.

Después de haberle cortado el cordón umbilical, limpiado y vestido se lo pusieron sobre el regazo. La flamante mamá besó su manita mientras le susurraba:

—Bienvenido al mundo, hijo mío.

El bebé era rubio, de facciones finas y delicadas. No quería soltarlo. Le recomendaban descansar. Se le cerraban los ojos pero ella quería seguir con el niño entre sus brazos. Necesitaba aprehender cada uno de sus rasgos. Sentir su perfume y la tibieza de su presencia. Así se quedó dormida.

Cuando despertó Albina, Antonia, María y Catalina estaban sentadas cerca de ella.

—¿Dónde está mi hijo? —preguntó asustada al ver sus brazos vacíos.

—Mira, allí, junto a la ventana —le señaló Antonia.

Se incorporó con dificultad. Un rayo de sol iluminaba la imagen del niño. El ama de leche lo estaba amamantando. Sonrió, se sentía feliz.

—¿Qué nombre van a ponerle? —irrumpió la inquieta Catalina.

—Mi marido quiere que se llame Félix Francisco Solano. El primer nombre, en honor a su padre y hermano y el segundo por el Supremo paraguayo.

—Félix, Felicito, es como el masculino de tu nombre, ¿no te parece hermanita? —contestó.

Todo era alegre novedad. Los hermanos menores, por ese entonces muy niños, recibían al sobrino como a una especie de *bibelot*. Para el padre era su heredero. Hacía proyectos para prepararlo en la administración de sus campos. Álzaga había rejuvenecido con el nacimiento de este hijo.

Doña Felicitas y don Carlos también acogieron con felicidad la llegada del primer nieto. Aunque a veces resultaban inexplicables las reiteradas ausencias del señor Guerrero y los tristes silencios de su esposa.

Una tarde, mientras acomodaba con su madre la ropita de Félix, la señora de Álzaga le dijo:

—Te encuentro pálida, ojerosa. ¿Qué te está ocurriendo madre?

—¡Nada, m'hijita! Tal vez los años... Pero todo está en orden. No te preocupes —le contestó para tranquilizarla.

La señora de Guerrero quería ocultarle su preocupación por el comportamiento extraño de Carlos. Guerrero apenas le comentaba las conversaciones que tenía con don Bernabé Demaría sobre la situación legal. Pero ella conocía mucho a su esposo. Lo veía pasar las noches en vela y eso no era lo habitual en él. Siempre le decía lo mismo:

—Éstos son asuntos de hombres. Ya se resolverán. Duerme tranquila, mujer.

Carlos caminaba. Iba a su escritorio. Escribía...

Una noche al no verlo en el dormitorio doña Felicitas salió asustada para buscarlo. Eran las tres y media de la madrugada. Vio luz en su escritorio. Como estaba la puerta entreabierta pudo advertir que estaba sentado con la cabeza entre sus manos. Se alarmó. Jamás había visto tan preocupado a su marido. Todas las luces encendidas. El escritorio estaba desordenado. Papeles rotos, tirados en la alfombra, libros abiertos sobre sillas y sillones. Esta vez no hizo preguntas. Se retiró. Fue a la cocina y ella misma preparó dos tilas. Puso algunos amores secos en un platito y llevó todo en una bandeja. Cuando abrió la puerta vio que Carlos estaba escribiendo.

—Te hará bien una tila con galletitas —le aconsejó.

—Gracias, mujer.

Se lo veía vencido, angustiado. La esposa se sentó a su lado. Empezaron a tomar el té en silencio. En veinte años de matrimonio pocas veces se habían sentido tan cerca como esa noche. Carlos Guerrero era un hombre fuerte y sensible, y también hábil para los negocios. Por sobre todo, quería la seguridad de su familia.

Después de un buen rato sin palabras, sin mirarse a los ojos, habló:

—Hace mucho tiempo, ya no recuerdo desde cuándo, creo que a poco de casarse Felicitas, empezaron a molestar los hijos naturales. Primero los varones, luego las mujeres, ahora parece que la misma María Camino anda como loca queriendo enfrentar a nuestra hija. Quiero evitarlo, no sé cómo. La situación se está tornando insostenible. ¡Por Dios! ¡Tan tranquilos que estábamos! —Carlos golpeó con fuerza el escritorio. Se volcó la tinta, la pluma se tiñó de azul, y el mantel, de verde tila. Doña Felicitas se asustó. Nunca había visto así a su esposo.

—Guerrero, sosiégate —le rogó.

No la escuchó. Con el rostro contraído, pálido y ausente pasó a su lado. Abrió la puerta y se fue. Ella se quedó paralizada. La situación era difícil.

Después de unos instantes de incertidumbre decidió descansar. Su familia la necesitaba fuerte y serena. Confiaba plenamente en Dios y en su marido. Tenía la convicción de que lo que Guerrero hiciera iba a ser lo mejor para todos. Así que rezando el rosario se quedó dormida.

Felicitas tampoco le quería comentar que apenas se hablaba con su marido. Todos sabían que sabían pero por no alarmar o para no admitirlo callaban sus dolores.

Una mañana, al llegar a casa de sus padres, se sorprendió de que su mamá aún descansara. Preguntó a las criadas por su salud y le dijeron que no se preocupara porque ella estaba muy bien. Seguramente estaría cansada puesto que la noche anterior la habían escuchado conversar con su marido hasta la madrugada.

Le resultó extraño. ¿Qué estaría pasando? Bueno, con una familia tan grande tendrían mucho para pensar, platicar y convenir.

—¡Hola, Felicia! ¡Qué alegría verte! —la recibió Antonia—. ¡Catalina, María! ¡Vengan! Miren quién vino.

Catalina y María llegaron corriendo. La abrazaron tan fuerte que casi la hicieron caer.

Aquella tarde estuvo hablando de las últimas novedades acerca de las preocupantes sublevaciones en el interior del país y de la unión de Argentina-Uruguay-Brasil contra Paraguay con su hermano Carlos Francisco y con su tío Silvio. Más tarde, con Antonia, conversó sobre las últimas novedades literarias que llegaban a Buenos Aires en paquetes desde París. Y de modas y festejantes, con Catalina y María. Disfrutó mucho aquel día, le hacía bien la compañía de su familia.

La mamá caminaba por la casa, pálida, con una expresión adusta.

—¿Pasa algo? —al fin preguntó.

—¡Nada importante, m'hijita! Sólo algo cansada. Ahora que eres madre comprenderás que los hijos traen felicidad pero a veces también preocupaciones —le respondió—. ¡A propósito, háblame de mi nieto! ¿Qué nuevas monerías hizo hoy? ¡Un día que no lo veo y ya lo extraño! —solamente el nombrar a Felicito le había cambiado la expresión y el tono de la voz.

Hablaron de sus balbuceos, de sus primeros pasos, y de los juegos. Pero Felicitas seguía intranquila. Su padre no había regresado. Su madre a cada instante miraba hacia afuera. Estaba inquieta y apenas comía.

Después de recomendar a sus hermanos y a la servidumbre que la cuidaran, la hija mayor la besó en la frente y se despidió.

Cuando la señora de Álzaga llegó a su casa todo estaba en silencio. Su hijo dormía después de haber sido alimentado por el ama de leche. El marido, como de costumbre, había viajado. Esta vez había ido a la estancia Dos Montes para arreglar ciertos asuntos con los peones.

Se disponía a retirarse a sus aposentos para leer una novela cuando unos gritos la sobresaltaron.

—¡Deténgase! ¿Adónde va, señora? —gritó el cochero.

Se dio vuelta y vio a una mujer de alrededor de cincuenta años avanzando hacia ella. Subía las escaleras con los ojos fijos en la joven señora. La feroz expresión del rostro de la desconocida la inmovilizó.

—Felicitas Guerrero, me vas a pagar muy caro el daño que me hiciste.

—¿Quién es usted? ¿Cómo se atreve? Deténgase, le digo —no podía creer todo lo que estaba viviendo.

—¡Perra! Me sacaste a mi hombre. Te casaste con Álzaga. Soy María Camino —empezó a reír de un modo que le heló la sangre.

—No sabía. No soy culpable —No pudo hablar más. Un ahogo se lo impedía. Fue retrocediendo. La cabeza le pesaba. Toda su sangre palpitando frenética en las sienes. María Camino la obligó a meterse en el cuarto, sin tocarla, sólo con su rostro amenazante, cuya expresión no olvidaría por el resto de su vida.

—Podrías ser mi hija. Pariste un hijo de él, lo sé. Juro que me voy a vengar. Te arrepentirás de todo lo que hoy tienes.

Detrás de ella Carlos Francisco y dos criados se acercaban.

—¡No me toquen! ¡No me saquen de aquí! Quiero verla muerta a esta perra.

La cabeza de la muchacha iba a estallar. Arrinconada

junto a la pared temblaba presa del pánico. Los insultos de María Camino se fueron ahogando hasta convertirse en un eco que quedó para siempre entre las paredes de su casa.

Cuando entró la nana se abrazó a ella.

—¡Ya pasó, mi niña! Ya pasó... —la calmaba.

—Por favor, Edelmira, esta noche no te vayas hasta que me duerma. Cántame como cuando era niña —le rogó.

Mientras la muchacha se acurrucaba la negra empezó a arroparla con su inmensa ternura. Felicitas puso su cabeza en el regazo de la nana abrazándose de la cintura. Cerró los ojos...

Duérmete, mi niña,
con un dulce sueño.
Duérmete, mi niña,
con un largo beso.

Duérmete, mi niña,
entre los luceros.

La joven señora de Álzaga necesitaba un manto de olvido sobre aquella terrible noche pero no era fácil. María Camino y sus hijos se reflejaban en el rostro preocupado de su marido, en la mirada de su madre, en las salidas sorpresivas de su padre y en su propia e insistente inquietud. Pasaba las noches en vela. Algunas veces, cuidando a su pequeño, que con frecuencia tenía resfríos y dolores de estómago.

Una noche se quedó dormida con el niño en los brazos. Tuvo un sueño que la hizo estremecer.

"Toda su familia está en misa, nota el paso del tiempo porque hasta sus hermanos menores han envejecido. Ella está a la entrada casi tan joven como en ese tiempo con su hijo Félix de a lo sumo tres años. Quiere caminar hacia ellos, hablarles, pero le resulta imposible. No pueden moverse ni ella, ni el niño, ni Álzaga, que está al otro extremo. Hace esfuerzos pero no, su rostro está para siempre inclinado hacia el niño. Quiere levantar la cabeza, abrazar a su hijo, pedirle ayuda a su marido que está cerca... ¡imposible!"

—¡¡¡Nooo!!! —se despertó sobresaltada.

—Mamá, ma... —Félix estaba de pie junto a su regazo asustado por los gritos. Lo abrazó con fuerza. Sus brazos, todo su cuerpo estaba dolorido. Claro, había pasado toda la noche durmiendo sentada en el silloncito.

Quería reponerse, consolar a su hijo. Estaba conmovida. Ahora podía recordar más pero... muchas otras veces, de manera borrosa, habían aparecido una capilla, vitrales, arañas, mucha gente. Su inmovilidad la angustiaba. ¡Qué pesadillas! Ya despierta...

—Dios te salve María... —rezaba con el rosario cuando escuchó unos gritos.

—¡Fuego! ¡Fuego! ¡Satanás! —irrumpió la nana gritando.

—Por Dios, Edelmira. ¿Qué ocurre? —preguntó Felicitas, entredormida y asustada.

—¡Ma...Ma...! —seguía llorando el niño.

—Calma, mujer. Asustas a mi hijito. Tranquilízate y cuéntame —le pidió.

—En la Plaza de la Victoria, mi niña. El mesmito Diablo, fuego, allí donde están el presidente y sus menistros —la negra estrujaba con una mano su delantal blanco mientras con la otra secaba el sudor de su rostro—. ¡Ay, qué cabeza la mía! ¡Sus hermanas están en la sala! ¡Virgencita, que el Demonio no venga por aquí! —se iba persignando mientras bajaba las escaleras.

Entregó a su hijo Félix a la nana para que lo amamantara y ella se fue, preocupada, a averiguar qué estaba ocurriendo. Al verla llegar sus hermanas se acercaron a abrazarla.

—¡Felicia, la Casa de Gobierno se está quemando! —anunció muy nerviosa Catalina.

—Carlos y Silvio fueron hasta allí. Dicen que el incendio tuvo su origen en la chimenea de la estufa del despacho del Ministerio de Justicia —dijo atropelladamente Antonia.

María no la dejó continuar:

—Parece que se están destruyendo no sólo esas oficinas sino también las del Ministerio del Interior. ¡Virgencita, qué desgracia!

—Dios mío, parece que todas las calamidades hubieran caído sobre nuestro país: la triple infamia contra el Paraguay con todas sus nefastas consecuencias y ahora esto —dijo.

El clima que se respiraba en el país y en la casa era similar: agresiones externas, incertidumbre, crisis, desorganización...

Pasaban los días. Álzaga ya no sabía qué hacer para que su mujer le sonriera. Ella cumplía impecable con sus deberes de esposa en los salones o en las reuniones familiares pero lo castigaba con interminables días y noches de silencio.

Felicitas se refugiaba en los cuidados de su niño y en el cariño de su familia y amigos. Le gustaba conversar de filosofía y de literatura con Cristián y del campo con Carlos Francisco.

Una tarde salió con ellos acompañados por Albina y Antonia. Caminaron por la Plaza de la Victoria.

—¿Qué les parece cómo ha quedado la casa de Gobierno? —les preguntó el joven Guerrero.

—¡Me encantan el jardín y la verja! —respondió Antonia.

—Después del segundo incendio del pasado julio había que arreglarla —agregó Cristián—. Buen trabajo el de José Canale.

Sentándose en un banco Felicitas exclamó:

—Ojalá que el color rosa con que la pintaron sea de buen augurio.

Aquel atardecer la señora de Álzaga se sentía feliz. Cuando llegó a la casa después de despedirse del querido grupo, todo era silencio. Edelmira le anunció:

—¡Mi niña! Su hijo duerme y su señor esposo la espera.

Tomándole el brazo le aconsejaba:

—Vaya a verlo. Anda muy serio. Los últimos días apenas come. Por favor, ¡está triste!

Sin contestarle, Felicitas le acarició la cara a la negra y se encaminó lenta al comedor.

Casi en penunbras, sólo alumbrado con la luz de los candelabros, la esperaba Álzaga. Al verla se puso de pie para ir a buscarla. Con ternura le dio la mano para conducirla hasta la mesa. Comieron en silencio. Casi no probaban bocado.

Por fin don Martín habló:

—Felicia, ¡querida! Necesito que me escuches —la tristeza de su voz conmovió a la joven esposa—. Perdón por no hablar antes. Tuve cuatro hijos con María Camino. La conocí en mi exilio, en Brasil. —Ella empezó a llorar; él debía continuar.— Es verdad, no me casé. Juventud, diferencias sociales, mis negocios, no sé. Pero reconocí a mis hijos. No soy hombre de eludir sus responsabilidades. Siempre me ocupé de ellos. —Su esposa temblaba. Álzaga se levantó para ir a su escritorio. Enseguida volvió con unos papeles en la mano. Acercando el candelabro empezó a leer:

3°... Declaro ser de estado casado legítimamente con Doña Felicitas Guerrero, en cuyo matrimonio tengo un hijo menor de edad nombrado Félix Francisco Solano, á quien reconosco por mi hijo legítimo...

6° Declaro que si mi dicho hijo póstumo no puede por fallecimiento sustituirme legalmente como heredero, es mi voluntad que entonces sea mi única y universal heredera mi dicha esposa Doña Felicitas Guerrero de Álzaga, por el gran cariño que la profeso y por las inequívocas pruebas de afecto y bondad, que he recibido de ella...

7° Declaro que es mi voluntad instituir ahora por mis albaceas, los mismos hijos nombrados Ángela, María, Martín y Enrique, a quienes reconozco y declaro por tales mis hijos naturales. Declaro haber dado a los expresados mis hijos, todo cuanto han necesitado para sus alimentos y educación, y a la madre de éstos, cuatrocientos mil pesos moneda corriente para su uso particular...

10° Es mi voluntad legar, como en efecto lego, a mis hijas naturales Doña Ángela y Doña María, doscientos mil pesos moneda corriente a cada una, y a Don Martín y Don Enrique trescientos mil pesos moneda corriente a cada uno.

12° Es mi voluntad que sin perjuicio de la cantidad que dejo a mis dichos dos hijos, se les pase por mis albaceas, mensualmente, la cantidad de cuatro mil pesos moneda corriente, para su educación y alimentos durante su minoridad.

13° Es mi voluntad legar, como lego, el remanente del quinto a mi esposa Doña Felicitas Guerrero. Y en el remanente de todos mis bienes, acciones, y futuras sucesiones que me corresponden o puedan corresponderme, en cualquier manera que sea, instituyo y nombro por mi único y universal heredero a mi referido hijo Don Félix Francisco Solano, y por tutora, a mi referida esposa Doña Felicitas Guerrero y...

6

CRONOLOGÍA DE LA DESOLACIÓN

Después de tantos sobresaltos Felicitas se alegró cuando su marido le dijo aquella mañana de septiembre:

—Mujer, vayamos al campo.

Ella aceptó encantada. Todo el día estuvo haciendo los preparativos. Les pidió a Edelmira y a la nana de su hijo que los acompañaran. Se la veía contenta corriendo de aquí para allá por la casa.

Salieron en dos diligencias hacia el Ferrocarril del Sud. Alegres empezaron a disfrutar del paisaje mirando desde las ventanillas. Sólo Edelmira tenía la mirada perdida. Su amor, el negro Nicandro, estaba peleando en el Paraguay. Tenía miedo. Se sobresaltaba cuando el tren paraba, cuando andaba, cuando alguien hablaba fuerte...

—Señora, ¡qué contenta estoy! —dijo la nana de Félix—. Le va a hacer bien el aire del campo —agregó.

La muchacha se llamaba Concepción. Era una criolla joven y fuerte. Tenía trenzas renegridas y ojos profundos. Viajaba frente a la señora de Álzaga, quien tenía al bebé sobre la falda.

—Mi niño, vas a conocer nuestros campos —expresó besando la cabeza rubia de su hijo.

Cuando bajaron en Chascomús se detuvieron a almorzar. Álzaga charlaba amablemente con los peones de su estancia, quienes los habían ido a buscar para llevarlos hasta La Postrera.

Con la caída del sol sobre el Salado se fueron a acostar.

A la mañana siguiente Felicitas se despertó muy temprano. Se miró al espejo. Mientras se cepillaba los cabellos descubrió su sonrisa. ¡Hacía tanto tiempo que no la visitaba que apenas la reconocía!

Sobre sus calzones se puso la enagua de crinolina. Se estuvo probando un vestido tras otro hasta que eligió uno de cuadritos amarillos y marrones. Se colocó un sombrerito beige y salió a caminar hasta la glorieta. Se sentó para engalanar sus ojos con los violetas de las mariposas y los rosados de las garzas.

Volvió y ella misma ordenó el desayuno: mates de leche y... por qué no hacer ella misma la receta que le había dado Hortensia M. de Ponte Ribeyro. Se puso el delantal y manos a la obra. Después de todo, dónde mejor que en La Postrera, en la que había cardos y leche recién ordeñada.

Empezó a leer:

Cuajada a la Balmoral

Hay un plato anhelado durante tres estaciones del año, entre los moradores del palacio de Windsor, pero que la autoridad de la Reina Victoria prohíbe hasta la cuarta: el tiempo en que con los suyos habita aquel rinconcito de Escocia, lugar de expansión a su vida sencilla, sobria y laboriosa, en que la Majestad se torna una "menagere"; y con las manos que manejan el cetro, confecciona los platos de su mesa.

Nosotros no somos ni sus parientes ni sus súbditos; y podemos saborear a mansalva la rica cuajada codiciada por los "childs Galles".

Toda lecha buena, es propia para esta confección; pero cuánto mejor si se puede ordeñarla, y tomar para ello la última que emite la ubre de la vaca, aquella que en su previsión maternal, guarda para su cría: esta leche, verdadera crema, es la que los gauchos llaman "apoyo".

Se tiene prevenida, encerrada en una gasa rala, la parte morada de dos flores de cardo, muy bien molida en el mortero, o en un almirez. Ordeñada la leche, y caliente todavía con el calor natural de la ubre, se la pone en una fuente honda, y se la revuelve, durante dos minutos, con el atadito de la flor del cardo, exprimiéndolo, y revolviendo con él la leche en todos sentidos, como se ha dicho, durante dos minutos, pasados los cuales, se la deja reposar. Muy luego está cuajada; y se prueba la coagulación, moviendo el recipiente.

Cuando al sacudirlo ligeramente, la leche no se mueve, la cuajada está hecha. Un gran polvoreo de azúcar y canela, y se sirve en platos.

También puede hacerse en tazas, vaciando en éstas la leche, inmediatamente después de haberle puesto el cardo.

Cuando terminó de cocinar fue a despertar a su marido.

—¡Buen día! El desayuno te espera —ella se desconocía. En ese momento se dio cuenta de que había aprendido algo muy importante: sólo después de la incertidumbre y la confusión se puede valorar un día de sosiego.

—Me sorprendes, Felicitas —le contestó él al rato—. Ya voy, gracias por avisarme.

El desayuno se prolongó más de lo planeado. Tomaron leche, mates, tortas fritas... El niño empezaba a sonreír. La familia reía, el niño balbuceaba y a lo lejos podía verse la figura de Edelmira deambulando por el monte de talas.

Al rato se sentaron en la galería. La algarabía se iba apaciguando en un silencio reparador. Casi no hablaban. Sólo intercambiaban alguna sonrisa para enseguida volver los ojos al paisaje. Las vacas pastando en hilera, muy juntas al reparo de los árboles, y los peones arreando el ganado formaban un cuadro idílico.

Sin palabras el matrimonio caminó hasta la orilla del río Salado. Los colores de las aves acuáticas y el espeso monte de talas los embriagaban.

Más tarde Felicia permaneció un buen rato respirando el aire puro, el perfume de la vegetación y las flores mientras el marido fue a montar su caballo para recorrer la estancia.

Los criados se refugiaron en la casona. El calor del mediodía se hacía insoportable.

Felicitas se internó en el monte para buscar a Edelmira. La vio sentada llorando con desesperación.

—¿Qué pasa? ¡Vamos! No puedes seguir así —se arrodilló abrazando a la negra.

—¡Lo sueño! ¡Nicanor, mi amor! ¡Tengo miedo, amita! —hablaba atropelladamente, casi no se la entendía—. ¡Guerra! ¡Sangre...! ¡Sangre...! —seguía hablando mientras la señora de Álzaga la conducía del brazo hacia la casa.

La obligó a almorzar. Todos saborearon el exquisito pos-

111

tre hecho por la señora de la casa. Carlos Francisco quiso repetir cuajada.

—¡Cómo me gusta! ¡Ojalá algún día pueda conocer las tierras de donde proviene esta delicia! —expresó al terminar de comer.

Cuando se retiraron a dormir la siesta, Felicia ayudó a su nana a recostarse.

—¡Te quiero tanto, mi negra! ¡Cuídate mucho! Voy a rezar al ángel de la guarda para que vele tus sueños.

Al cerrar la puerta Felicitas lloraba. Era la primera vez que veía a su nana vencida.

Al atardecer, ya más repuesta, preguntó:

—¿Niña, le hago una carbonada con perita parda?

—¡Felicitas, esto es vida! —decía su hermano Carlos después de trabajar con Álzaga todo el día.

—Mujer, veo en tus ojos el entusiasmo por estas tierras. El día que yo falte sé que serás buena consejera de nuestros hijos para administrar los campos —le comentaba el marido—. Observas, preguntas, no pierdes los movimientos de los peones. ¡Esto va bien!

No había dudas. El campo la entusiasmaba. La siembra, el cultivo, las tropillas...

Un día Álzaga le anunció:

—Hay que volver a Buenos Aires.

—¿Ya? ¿Tan pronto? —preguntó su esposa.

—Hace más de un mes que estamos, mujer.

Al regresar a Buenos Aires la familia Guerrero los recibió con alegría.

—¡M'hijita! ¡Cómo te extrañé! —dijo doña Felicitas abrazando a su hija.

—¡Mamá, yo también estoy contenta de volver a verte!

Entre comentarios y ricas comidas la familia Guerrero festejó el regreso de Felicitas a Buenos Aires.

Recién en ese momento se enteró de que semanas atrás habían recibido la noticia de la muerte de Nicandro Pavón. Había sido en la batalla de Curupaytí.

Si a Curuzú lo había tomado Porto Alegre, quien en la opinión de los brasileños era *"muito mais general que o*

112

Mitre", a Curupaytí lo tomaría el argentino. Después de la lluvia, el general brasileño no quería avanzar por un terreno aún fangoso. En cambio Mitre ordenaba continuar, mientras saboreaba por anticipado la victoria. Allí había estado luchando Nicandro Pavón. Había muerto junto a diez mil soldados argentinos y paraguayos en el fangal de Curupaytí el 22 de septiembre de 1866.

Edelmira deambulaba hablando sola por toda la casa. Su ama fue a buscarla. Tenía la mirada extraviada. Decía incoherencias. Sólo podía entender: Nicandro... Sangre... Sol...

La siguió. La negra no la veía. Hasta que con firmeza se plantó frente a ella para gritarle:

—¡Basta, Edelmira! ¡Por Dios, mi hijo y yo te necesitamos! ¡Estoy acá! ¡Mírame! —con fuerza la tomó de los hombros—. Mi negra, te quiero mucho.

Las dos mujeres, que desde hacía tantos años habían pactado un fuerte lazo de cariño, lloraban abrazadas.

Ya más tranquilas, se sentaron en la cocina a hablar. Fue así que Felicitas supo:

—Fue en la batalla, allá en el Paraguay. Un tiro en la cabeza. ¿Sabe? Me contó mi hermano Juan, que volvió sin una pierna pero volvió. —Se le iluminó la cara cuando dijo:— Murió de frente, con todo el sol del mediodía, como él lo quiso. —Se puso de pie para exclamar:— Con la cara llena de sangre sus últimas palabras fueron "¡Viva la patria, carajo!".

Quedaron muy juntas, esta vez las lágrimas corrían silenciosas.

Por esos años la señora de Álzaga viajó muchas veces con su marido y su hijo a las tierras del Salado. Desde 1866 había muchas empresas de mensajería. Ellos preferían la Mensajería del Sud de Moreno y Sevigné, que era la que tenía mayor fama en aquellos tiempos. Desde Chascomús, línea terminal del Ferrocarril, la empresa conducía a los pasajeros hasta Dolores todos los días. Además tres veces al mes llegaban hasta Tandil, Quequén y Laguna de los Padres.

En uno de esos viajes, a principios del 68, se encontraron con Santiago Estrada en Chascomús. Tomando unos mates les empezó a relatar su anterior travesía desde allí a Tandil:

—... Cerramos el convenio con el mayoral de la diligencia Rosa del Sur, conocida con el nombre justamente adquirido de

"Vencedora". Al día siguiente emprendimos el viaje. Dios mediante llegamos ilesos a la orilla del Salado, donde encontramos la Mensajería del Moro, que esperó con nosotros largo rato la balsa en que debía atravesar el río. Mientras esperábamos recorrimos sus márgenes recogiendo caracoles, persiguiendo gaviotas, atraídas por los desperdicios de la carneada de los peones de las carretas estacionadas. El Mayoral nos llamó desde la balsa con el grito de "¡En viaje!"...

Aquel mediodía comieron con Santiago un asado con cuero. Al rescoldo de las brasas, Felicitas cantó una vidala.

Después de despedirse con un "Hasta pronto, si Dios quiere" siguieron viaje.

Viajaban con mucho cuidado por el temor al malón, ya que las tribus indígenas no estaban lejos de La Postrera.

En ese viaje Felicitas empezó a observar cómo se trabajaban las lanas. Supo que la de fibra larga es mejor que la lana de fibra corta. Un día quiso probar el huso. Su gente la vio sonreír al ver transformarse un vellón en hilado. En otra oportunidad aprendió las virtudes del percherón, caballo corpulento, de aproximadamente una tonelada de peso, bueno para las labores del campo. A ella le gustaba acariciar a esos animales con aire de nobleza. Recomendaba a los peones alimentarlos con buen heno ya que el polvoriento les producía asma, el mohoso les causaba malestar y el que contenía trébol, si es demasiado fresco y abundante, les causaba diarrea. Siempre disfrutaba de la carne del campo. El sabor era distinto.

Una noche su marido le explicó:

—Tienes mucha razón, aquí la carne es diferente. Allá por los años 30 hubo un sabio argentino, llamado Francisco Javier Muñiz, que recorrió estas zonas. Decía que los paisanos pensaban que la carne de ñandú que se caza al norte del Salado tiene un color más oscuro y un olor más fuerte que la del que vive al sur. Además lo mismo pasa con el color y la grasa de la del quirquincho o la del tatú peludo. —Después de tomar el mate que le ofreció su mujer continuó:— El doctor Muñiz opinaba que el esparto que crecía al norte del Salado era el que le daba su sabor y color a la carne y leche vacunas. También el trébol y la caña de cardo, ambos secos, consumidos en ese estado podían provocar insipidez en la carne. Además advirtió que la gramilla fresca de los campos costeros de la provincia criaba sebo en el vacuno, mientras que los pastos fuertes de los campos del sur del Salado producen abundante grasa. —Acariciando el brazo de su mujer don Martín le dijo:— ¡Qué feliz soy al saber que todo esto te interesa tanto!

Como siempre caminaron hasta la glorieta para disfrutar el anochecer junto al río. Felicitas soñaba con ver poblados sus campos con la mejor hacienda. Quería dar al país la más nutritiva y sabrosa carne.

Volvieron a Buenos Aires. La familia los extrañaba. Estaban conversando en la sala cuando la puerta de calle se abrió. Entraron Carlos Francisco y Silvio.

—¿No escuchan? Todo el pueblo está festejando —gritaron—: Se consagró la fórmula Sarmiento-Alsina.

—¡Viva Sarmiento! ¡Viva el nuevo presidente! —coreaban los más chicos.

El 12 de octubre de 1868 se efectuaba la transmisión del mando. Sarmiento esbozaba su programa de acción subrayando su carácter como presidente constitucional. Anunciaba que iba a ajustarse estrictamente a la moralidad administrativa. El sanjuanino destacaba que la mayoría lo había llevado al poder y que, por lo tanto, ese mismo pueblo debía mantenerse unido asumiendo también él las responsabilidades para lograr un equilibrado desarrollo gubernativo.

El nuevo gobierno empezaba a beneficiar al agro.

A principios de 1869 la familia Álzaga volvía al campo.

En junio Felicitas empezó a tener los síntomas de tres años atrás. Esta vez no necesitó llamar al doctor. Iba a ser nuevamente mamá. Fue en la estancia. Después de saborear un asado con cuero le anunció al marido:

—Martín, vamos a ser padres de un nuevo niño.

Tras tomar el último sorbo del mate se lo alcanzó a la esposa diciendo:

—Gracias, mujer.

—¿Por el mate o por el hijo? —le preguntó risueña.

Siguiendo la broma le contestó:

—Por los dos, señora de Álzaga.

Se levantó con dificultad y sin decir nada se fue a recostar. Anochecía en el campo. Estaba fresco. Felicitas le sugirió que se abrigara.

—¡Estás tosiendo mucho! Hay que cuidarse de estos inviernos. —El cielo estaba nublado.

—Enciendan todos los braseros —indicó la señora a la servidumbre.

—Mi niña, no veo bien a don Álzaga —le dijo Edelmira por lo bajo.

—No te preocupes, mi negra. Es sólo cansancio. Pronto volveremos a Buenos Aires. Allí podrá descansar —contestó para tranquilizarla.

Pero su mujer también lo veía diferente. Su caminar era lento. A veces lo observaba detenerse y tocarse el pecho. Por otra parte, se paseaba pensativo, con la mirada perdida en la inmensidad del campo.

A la mañana siguiente volvieron a Buenos Aires después de dar indicaciones a la peonada acerca del alambrado y del lavado de lana.

—¡Tata! —saltó Félix de la diligencia para abrazar a su abuelo.

Hacía largo tiempo que no se veían. En el entusiasmo del reencuentro la familia de Felicitas no advirtió la ausencia de Álzaga. Fue su amiga Albina quien preguntó:

—¿Y don Martín, Felicia? ¿Se quedó en la estancia?

—No. Tienes razón —alarmada expresó—. ¿Por Dios, dónde está?

Salieron corriendo. Buscaron por todas partes hasta que, por fin, su hermano Carlos gritó:

—¡Auxilio! Álzaga está muy mal.

—¿Dónde? Virgen Santa, ¿dónde? —preguntaba la esposa.

—Aquí, en la diligencia —indicó el joven Guerrero.

—Llamen al doctor —pidió su esposa.

A la media hora llegó el doctor Montes de Oca de su quinta de Barracas. Después de examinarlo recomendó:

—Reposo y nada de problemas. Ese corazón trabajó mucho —con un brazo en el hombro de don Martín bajando la voz el médico continuó—, y en los últimos años por demás, mi amigo.

116

Sólo la idea de un nuevo hijo y ver el crecimiento de Félix lo hacían sentirse jovial y con ansias de recuperación.

Álzaga era fuerte. A los pocos meses ya estaba mateando temprano con su suegro y su cuñado Carlos. Hacían proyectos de nuevas plantaciones y venta de ganado.

El comienzo de la primavera con su perfume a flor de durazno engalanaba septiembre.

A principios de octubre llegó Catalina a visitar a su hermana mayor. Estaba bellísima.

—¡Qué talle, hermanita! —exclamó Felicitas.

—¡No sabes cómo ajusta! Ayer fui con Antonia a la calle Florida. Allí está "Reine", una fábrica de corsés. Nos enteramos por el aviso de *La Tribuna* —tomaba aire para acostumbrarse a la nueva prenda.

—¡Estás bellísima!

La hermana de Felicitas llevaba un vestido de color celeste. La bata, que estaba muy ceñida, tenía un corte en el cual nacían ligeros frunces. El cinturón era ancho y las mangas abullanadas. Lucía un collar de oro de dos vueltas.

—¿Se puede saber adónde va, señorita? —preguntó intrigada la hermana mayor.

—Adónde vamos, debes decir —le contestó Catalina.

—¿Adónde vamos, quiénes? —Felicitas elevó el tono de su voz.

—Por favor, hermana. ¡Tienes que acompañarme! —le rogaba Catalina.

—A ver, primero quiero que me aclares adónde vamos. ¿Por qué tantos secretos? —tomó el rostro de su hermana y la obligó a mirarla a los ojos.

El silencio de Felicitas hizo que su hermana empezara a lagrimear. Entonces dijo:

—Estoy enamorada. Guillermo Martínez Ituño es el hombre más encantador que he visto en mi vida —suspiró.

Al verla así, la hermana mayor, abrazándola, le dijo:

—Estar enamorada es lo más hermoso que puede pasarnos —aunque ella aún no lo había vivido más que en sus sueños—. Claro que voy a acompañarte. Quiero conocer a ese caballero tan afortunado por poder cortejar a mi bella hermana.

Aquella tarde primaveral la joven señora de Álzaga se perfumó el alma con el aroma de los amores de otros y glicinas.

Buenos Aires se embellecía con las emanaciones de sus quintas floridas. Llegaron a la Plaza del Parque. Allí niñas y caballeros se paseaban en furtivos cortejos galantes.

Después de una rápida presentación Catalina y Guillermo se sentaron en el banco de las camelias. Cita de amor. Palabras susurradas detrás de la sombrilla.

Felicitas se sentó sola a respirar esas pasiones que para ella solamente vivían en sus fantasías o entre las páginas de sus libros, o cuando por las noches se sentaba al piano para interpretar un nocturno o jugar con los sonidos para entrar en el mundo mágico de la creación. Cerró los ojos...

Sintió una presencia a sus espaldas que la hizo temblar. Una voz varonil susurró su nombre. Quedó paralizada. Se dio vuelta y al no ver a nadie se espantó. Quería irse pero alguien la tomó del brazo obligándola a sentarse nuevamente. Era Enrique Ocampo. Ella, sobresaltada, quiso gritar pero él le tapó la boca mientras le decía:

—Es peligroso para una joven casada salir sola —luego agregó con tono socarrón—: ¿Le parece bien dejar en la casa al marido y al hijo?

El hombre empezó a jugar con el cabello de la mujer. Ella no podía moverse. Las nudosas manos de Enrique ya acariciaban el cuello de Felicitas. La mujer salió corriendo. Detrás, la risa de Ocampo seguía lastimándola.

Por fin llegaron Catalina y Guillermo. Se despidieron con un beso.

Las jóvenes regresaban a la casa. Al doblar el carruaje por Venezuela Felicitas vio a Edelmira con dos criadas en la puerta. Se apresuraron a recibirlas. Sus semblantes eran más que elocuentes.

—¿Qué pasa? ¡Por Dios y la Virgen, hablen! —exhortó Felicia

—Felicito... El niño tiene mucha fiebre.

—Déjenme pasar.

La mamá del niño enfermo voló escaleras arriba. Al llegar a la habitación pegó un grito:

—Mi amor, mi bebé. ¿Qué pasa?

—¡Ay, duele...! Todo... ¡Ay...!

Tiritaba. La mamá empezó a besarle la frente que se empapaba en sudor.

—¡Vamos! ¿Qué esperan? Llamen a Montes de Oca. Si no, cualquier otro médico, ¡pero rápido!

Felicitas corría desesperada por los insistentes gritos de dolor de su hijo.

De golpe se abrió la puerta. La alta figura de Álzaga se recortaba en la oscuridad de la habitación.

—No enciendas la luz, Félix no la soporta. La cabeza le estalla de dolor. ¿Qué pasa, Martín? ¿Qué tiene? —se abrazó a su marido llorando—. Estoy aterrorizada. Lo veo mal. ¡Por favor! Haz algo pero... ¡ya! Tengo miedo —se ahogaba en incontenibles lágrimas.

Álzaga se mantenía callado, volvía a ser una vez más el pecho fuerte donde su joven esposa se había recostado durante esos siete años de matrimonio. Martín hacía esfuerzos sobrehumanos para que no se notara que se quebraba por dentro.

Tres días y tres noches de entradas y salidas de médicos. Álzaga permanecía de pie mirando a su hijo. Dolor sin palabras. A un costado su mujer, temblando, lo acunaba, sucia por el sudor y los vómitos del niño. Madre e hijo temblando sin cesar en un balanceo que volvía a unirlos. Era como si ella quisiera regresarlo a ese mundo primordial donde habían sido sólo uno.

Al amanecer del tercer día salió el sol. Octubre prometía una luminosa primavera.

—¡Mamá, leche! —le pidió el niño a Felicitas.

—Edelmira, Martín, mamá, vengan. Traigan leche.

Los colores volvían al rostro de la mamá. Soltaba a su hijo y corría en busca de atenciones.

—Alfajores con dulce de leche —ofrecía la abuela.

—¡Pero no, mamá! Sólo leche será mejor. ¿No te parece Martín?

El hombre volvía a moverse. La vida del niño daba vida a toda la familia. Parecía regresar todo a la normalidad. Felicitas, excitadísima, hablaba y hacía proyectos. A Álzaga le gustaba ver de ese modo a su mujer.

Pero con la oscuridad de la noche volvieron la fiebre y los vómitos y los dolores de cabeza y los temblores y las hemorragias por la nariz y...

—No hay nada que hacer: es la fiebre amarilla —sentenció el doctor de la familia.

El cuerpo de Felicitas era un llanto sobre la cama de su hijo. Íntegro por fuera y quebrado por dentro, su marido seguía de pie.

—¡Esto no puede ser! Dios se olvidó de nosotros.

El 3 de octubre de 1869 murió Félix Francisco Solano.

Enfermedad, muerte, velatorio, entierro. Sucesos en la vida de una madre que rompen con el orden temporal para sumergirla en el absurdo más absoluto.

—Felicia —dijo muy bajo Albina—, la vida continúa. Vamos, no puedes seguir en cama. Tu hijo, éste que por milagro divino llevas todavía en las entrañas, y tu buen marido te necesitan.

Dos, diez, veinte días... Nunca supo cuánto tiempo pasó hasta que pudo levantarse. Hasta que sus piernas quisieron caminar, hasta que su estómago quiso, sin insistencia, comida. Por fin habló:

—¡Te necesito!

Y él, obedeciendo al mandato de "los hombres no deben llorar" que le había inculcado de chiquito su madre, la sostuvo entre sus brazos. Pero nadie le indicó qué hacía un varón con el dolor partiendo el pecho. Hizo lo que creía que el hombre debía hacer: soportar.

—¡Aquí me tienes, mujer!

No habían pasado dos meses cuando la familia sufrió otra muerte. Felicia lloraba a su hermosa abuela. Catalina Montes de Oca de Cueto moría en su quinta de San Isidro el 27 de noviembre.

Poco tiempo después Álzaga le comentó a su mujer que había hecho otro testamento a favor de ese nuevo hijo que ella llevaba en sus entrañas.

—Porque éste sí que va a ser fuerte y sembrar los campos y seguir con todos mis sueños de exportar las mejores carnes del país y disfrutar con sus descendientes —comentaba entusiasmado—. Vas a ver, van a ser muchos. Los campos de esta provincia van a poblarse con nuestros descendientes.

Y por segunda vez, el 28 de febrero de 1870, firmó bajo el asesoramiento de Demaría:

5° Declaro que habiendo muerto mi dicho hijo Félix, queda sin efecto el nombramiento de heredero, que en él hice, en mi citado testamiento cerrado; pero estando encinta mi esposa, instituyo y nombro a este nuestro hijo póstumo por mi único y universal heredero...

Pero ese hombre indestructible que amaba la vida joven de su esposa caminaba hacia su fin. Álzaga, que primero fue rechazado, luego admirado y más tarde querido profundamente por Felicitas Guerrero, debía el 2 de marzo de 1870 enfrentar el nacimiento y la muerte de su segundo heredero, llamado, como él, Martín.

La pena fue demasiado grande: lo sobrevivió solamente quince días. Martín Gregorio de Álzaga falleció en Buenos Aires el 17 de marzo de 1870.

Desolada la joven viuda, después del velatorio en la casa de la calle Venezuela 115 entre Bolívar y Perú, prefirió llorar su dolor en la antigua y solitaria Quinta de la Noria, en la Calle Larga de Barracas. Allí había pasado el matrimonio algunos fines de semana.

Felicitas paseaba en silencio por los bellos jardines. Por las tardes la acompañaban Albina y Tránsito. Las tres mujeres tomaban un refresco casi a la entrada de la quinta.

Una mañana entraron a su habitación la madre y Edelmira con el desayuno. Mientras tomaban una leche con pan fresco doña Felicitas le comunicó:

—Mi querida, el próximo seis de abril va a ser el funeral de tu marido en la Catedral.

Nada contestó la joven viuda de Álzaga. El dolor por las muertes de cuatro seres tan queridos, ocurridas en solamente cinco meses, la había encerrado en un sombrío mutismo. Se dejaba llevar. Nada le importaba. Todo le daba igual.

Una tarde nublada de abril se paseaba por los jardines con el rostro pálido y la mirada ausente. Toda de negro, la

121

cara cubierta por un velo. Al verla así Edelmira, tomándola del brazo la obligó a sentarse en el banco que estaba debajo del roble.

—¡Mi niña, la vida sigue! —le levantó el velo para mirarle los ojos. Se espantó ante la profundidad oscura de sus ojeras.

Felicitas no lloraba. Su apariencia era fantasmal. La negra, asustada, le decía:

—¡Proteste, grite! ¡Por Dios y la Virgen diga algo! —le rogaba su nana—. Mire, a mí me duele el cuerpo porque me falta el Nicandro. No sé... desde que no lo tengo es como si me hubieran cortado el brazo, la pierna. Cada noche me revuelco como loca en la cama buscando esa parte que me sacaron en el Paraguay cuando hicieron finadito a mi hombre. —La negra se detuvo para secarse las lágrimas con el delantal.— Y grito, y le pego a la almohada. Pero sabe, después me duermo y... ¡Hum! ¡Ahí sí! —la vida volvía a la cara de Edelmira—. Huelo las plantas del monte y aparece el Nicandro y me despierta el cuerpo con sus besos.

Felicitas enjugaba con su pañuelo las lágrimas que empezaban a correr por la cara. Por fin habló:

—Te quiero, mi nana. Gracias por hacerme sentir viva.

Aquella noche la joven viuda pudo llorar y después dormir mejor.

Amanecía cuando se empezó a escuchar a los criados. Preparaban los vestidos de sus señores para el funeral.

Afuera todo Buenos Aires se dirigía a la Catedral. Hacía frío. El cielo, nublado. Se veían lacayos de oscuras libreas, se escuchaba el trotar de los negros caballos de carruajes que llegaban desde distintos lugares a la Plaza de la Victoria.

Grandes crespones pendían de las columnas exteriores del templo. Guirnaldas de flores ornamentaban las escalinatas.

Con los acordes de una marcha solemne se abrieron de par en par las grandes puertas para recibir la figura esbelta de Felicitas. Avanzaba lentamente poblando el camino del suave rumor de las sedas y crespones. Caminaba erguida. Iba a su derecha la madre y a su izquierda su hermana Antonia. Un poco más atrás exhibía sus cansados ojos el fundador de la estirpe, Carlos Guerrero Reissig.

La araña de cristal con sus treinta y seis luces iluminaba la imagen severa y al mismo tiempo elegante de la joven viuda de Álzaga. Tenía un espléndido vestido de mohair, cuyos volantes y fruncidos le daban cierta gracia melancólica y atrayente.

En los lugares de preferencia, cerca del altar mayor, ya se encontraban las tías, Valeria Cueto de Cárdenas y Tránsito Cueto. Cerca de ellas, los jóvenes hermanos de Felicitas, Carlos, Manuel, Antonio, Jorge, Enrique y José. Un poco más atrás, Bernabé y Cristián Demaría junto al Doctor Pablo Cárdenas.

Empezó el oficio religioso. Del órgano alemán nacía la música de Bach en un ambiente envuelto en el humo del incienso. Felicitas rezaba con el rostro totalmente cubierto por un velo negro.

Al terminar la ceremonia la viuda se apresuró a entrar a su landó oscuro. Al querer subir se tropezó. Una mano la levantaba. Era un caballero. No vio su rostro porque inmediatamente después de un casi imperceptible "Gracias" se cerraron las puertas de su carruaje y partió. Pero una sensación recurrente e inexplicable la acompañó hasta su quinta de Barracas. Había elegido ese lugar para vivir su luto.

7

EL CARNAVAL DE LA PESTE

Barracas era barrio de señoriales quintas. La Calle Larga lucía sus románticos jardines. La magnolia "foscata" y los retamos amarillos perfumaban las mansiones de las familias Senillosa, Cambaceres y Somellera.

Al sur estaba la residencia de Montes de Oca, cuya entrada exhibía las figuras de dos leones esculpidos en mármol. Era famoso el "landolet" de la familia, que provocaba la admiración de los vecinos cuando marchaba por la avenida Santa Lucía con su capota plegadiza y el monograma de su dueño en los faroles.

Al final de la calle tenía su quinta José Gregorio Hernández Plata, abuelo del autor del *Martín Fierro*. Siendo niño, José Hernández había vivido tres años en ese lugar.

Cerca de allí se levantaba el castillo de la quinta de Sáenz Valiente. Algunos dicen que fue construido para morada del virrey Sobremonte, otros comentan que fue cuartel de Cuitiño durante el gobierno de Rosas. Lo cierto es que la mansión ostentaba en el orgullo de sus paredes el escudo de armas de la familia. Don Anselmo Sáenz Valiente la había construido en 1806. El lujo y la belleza del moblaje, las delicadas ornamentaciones traídas de Francia y las valiosas pinturas eran el escenario propicio para cobijar la hermosura de Juana Pueyrredón, su esposa. Por otra parte el matrimonio era famoso por las brillantes reuniones que realizaban a las cuales concurrían los caballeros y las damas de la sociedad porteña.

Barracas guardaba voces de amor entre las rejas de las ventanas engalanadas de tupidas guirnaldas de madreselvas.

El almirante Guillermo Brown tenía su quinta en ese barrio. Desde allí había partido su hija Elisa hacia el Riachuelo, para suicidarse el 27 de diciembre de 1827. La muchacha, de sólo diecinueve años, al enterarse de la muerte en batalla de su valeroso novio, el irlandés Francisco Drummond, no pudo seguir viviendo: loca de amor se internó en las aguas vistiendo su traje de bodas. Con justa razón la llamaron la Ofelia del Plata.

Historias de amor y muerte. Barrio señorial y misterioso. Barracas de las carretas y las quintas, de la abrupta barranca de la Calle Larga y de tortuosos senderos. Ése había sido el escenario elegido por José Mármol para su novela *Amalia*. El escritor se había llevado el recuerdo de la quinta de su tía al doloroso exilio montevideano. Con su pluma había recreado el grato recuerdo de la mansión barraquense, donde había pasado unos días antes de embarcar hacia el otro lado del río. En esa casona les había dado vida a la dulce viuda tucumana y al apuesto Eduardo Belgrano. Romance literario nacido entre las incertidumbres del poeta proscripto.

Allí, en ese barrio, en su quinta, estaba recluida la viuda de Álzaga. La mansión tenía una plazoleta cuyos ombúes y sauces daban sombra a sus solitarias tardes. La acompañaban el encaje de los helechos y el blanco azulado de las glicinas que alfombraban en caprichosos garabatos las baldosas del patio.

La quinta de Álzaga, conocida como la Quinta de la Noria, guardaba ecos de los pasos de don Martín, abuelo del esposo de Felicitas, quien al ser perseguido por las autoridades del Triunvirato a causa de la conspiración que encabezaba se había escondido en los fondos de la casa. La mansión tenía piezas separadas para el servicio, una caballeriza, una tartana o dos, todo perfumado por un bosque de naranjos. Pasado y presente. Misterio y belleza encerrados en un barrio y una quinta.

Desde las ventanas con rejas tupidas de guirnaldas de madreselvas, Antonia y Catalina soñaban con el amor.

Después de almorzar con su padre Albina iba a hacerle compañía a su amiga. Todas las tardes subía a la habitación de la joven viuda. Detrás de ella caminaba la fiel Edelmira, con unos mates de leche. Felicitas permanecía en silencio.

Caminaba erguida con un aplomo que sorprendía a la señorita Casares. A veces, después de insistir, Albina lograba hacerla salir al jardín. Iban lentas hasta llegar al quiosco y sentarse. Desde allí, casi sin hablar, observaban a la gente que se paseaba por la Calle Larga. La dueña de casa tenía una expresión diferente. Sus ojos tenían una mirada fría, su cuerpo había adquirido movimientos seguros. Se movía con la firmeza de quien sabe que el terreno por donde camina le pertenece.

Una vez desde el quiosco disfrutó junto a sus hermanos de una carrera cuadrera. Los preparativos habían empezado el día anterior. Desde temprano se podía ver a las chinas vendiendo tortas fritas y pastelitos de dulce de membrillo. Algunos paisanos estaban mateando debajo de los árboles, otros cepillaban con cuidado los caballos. Dos hombres se pasaron largo rato discutiendo las distancias para la competición. Un criollo de apellido Barragán hizo ganar una vez más al parejero Gustavus y le dedicó el triunfo a la joven viuda.

—Con su permiso, señora, le ofrezco esta cuadrera a su belleza y la de sus campos —y con una reverencia se retiró a La Banderita, apeadero y fonda donde era muy popular.

Para festejar, las cuadreras terminaron con asado y baile que duraron hasta la medianoche.

Felicitas se quedó impresionada por la destreza y seguridad de ese gaucho. Se notaba en él un gran amor por las tierras del Salado. Supo por sus hermanos que Barragán era cuidador de los padrillos ingleses que importaba don Felipe Piñeiro, quien lo tenía agregado a su establecimiento. Siendo chiquilín lo había adiestrado William Miles. La joven se retiró meditando en la posibilidad de nombrarlo capataz de La Postrera.

A principios de septiembre Edelmira y Albina consiguieron que la viuda empezara a recibir visitas. Su madre y sus tías estaban contentas con la ayuda que tenía de su nana y su amiga.

Los paseos por el jardín se fueron prolongando cada vez más. Casi siempre la joven viuda volvía con enormes ramos de flores que hacía cortar a los criados. Los llevaba a su habitación para colocar algunas flores sobre su tocador y otras en el jarrón chino que estaba debajo de la ventana. Felicitas se abría a la luz y al color.

Fue en la quinta de Montes de Oca donde Enrique Ocampo la invitó a bailar. Era la primera reunión social después de la muerte de Álzaga. Al llegar acompañada por su familia todos volvieron los ojos para admirar su belleza. Llevaba un vestido de tafetán color gris adornado con galones más oscuros. El escote estaba sostenido por un canesú de muselina al tono que le llegaba hasta el cuello. Su hermosa cabellera oscura estaba recogida con bucles. Elegante y sobria, fue el centro de atención de la fiesta.

Estaba sentada saboreando un postre cuando escuchó muy bajo a sus espaldas:

—Felicia, me gustaría que me acompañara en este vals.

El aliento de Ocampo en su cuello la estremeció. Se dejó llevar por la música casi sin mirarlo, sólo algún educado "gracias, como no" o alguna otra fórmula de cortesía que empleó con él y con los otros jóvenes que bailaron con ella. Mientras conversaba con otros festejantes Enrique no dejaba de mirarla fijamente. Sus ojos la intimidaban. No sabía por qué pero la hacía sentir en falta. Al rato le hizo llegar por una criada una misiva. Allí le solicitaba verla con urgencia. Al ir al balcón, lugar de la cita, él ya no estaba.

Esa primera noche de vida social fue solamente una dulce brisa en su monótona vida. Pero al quedar a oscuras en su habitación la grave y seductora voz de Ocampo parecía susurrarle en el sonido del viento que entraba por su ventana. Al darse vuelta en la cama la luz de la luna sobre su espalda la hizo estremecer al remedar la presencia de Enrique.

—¡Felicia! ¡Es maravilloso! Los cronistas escriben sobre tu belleza —gritaba Antonia entusiasmada—. Pero, ¡ven!, ¡mira!

A los pocos días era Albina la que le comunicaba:

—¿Escuchaste? Carlos Guido Spano escribió: "Felicitas Guerrero, la mujer más hermosa de la República".

La muchacha recibía los halagos con algo de sorpresa y mucho de confusión. Un mundo nuevo se abría ante ella. Atenciones, citas, miradas varoniles que acariciaban su vida.

Pasaba largos momentos ante el espejo. Se encontraba con una imagen joven, bella. Sus delicadas facciones disfrazaban sus miedos que, solos, se debatían dentro de sí.

—Cada día estás más hermosa.

—¡Querida, ojalá yo tuviera tantos pretendientes!

—¡Viuda y estanciera! ¡Lo tiene todo!

Cada uno veía en ella lo que quería ver. Nadie conocía su verdadero rostro. Cada día tenía más reuniones. Estaba rodeada de gente pero se sentía sola. Tal vez más sola que nunca. Todos, amigos y parientes, se entusiasmaban con las crónicas de periódicos y revistas.

—Escuchen lo que dice en esta columna de *La Nación*.

Catalina con entusiasmo empezó a leer:

Felicitas de Álzaga, por su belleza y fortuna, es asediada por innumerables pretendientes...

Las mujeres, sentadas en la galería, se regodeaban entre cuchicheos y risitas. Ellas vivían a través de Felicitas, mientras la joven viuda se debatía entre los halagos y la incertidumbre.

—¿Se enteraron? Está corriendo por ahí la copla de un gacetillero español —comentaba Tránsito—. Es un recién llegado. Quiere notoriedad. No cabe duda, por eso juega al humorista —por momentos la tía parecía indignarse, gesticulaba atrayendo la atención del grupo—. Ahí va:

Que eres hermosa he sabido
y, aunque coqueta, yo infiero
que has de hallar pronto marido
pues tienes mucho dinero

Entre risas y comentarios pasaban las tardes en el florido jardín de la mansión de Felicitas. Su vida se deslizaba entre reuniones sociales y obligaciones. Lo cierto es que al fin de cada jornada la joven caía rendida de sueño.

—¡M'hijita! Los hijos de Álzaga reclaman dinero, esa mujer también —le dijo el padre varias veces.

Deseaba fervientemente ir al campo. Pero todavía no era posible. El tema del insistente reclamo de sus hijastros la retenía en Buenos Aires. Otra vez el pasado de Álzaga alteraba la vida de su joven viuda.

—Mi marido ha sido muy generoso con todos ellos, tata —decía enojada.

Cierta mañana Guerrero fue a la mansión de su hija en Barracas. Con voz decidida le dijo:

—¡Felicia! Debemos convocar a una conferencia.

La joven lo invitó a compartir el desayuno. Después de un momento de silencio fueron a una pequeña salita para hablar a solas. Tras cerrar la puerta le dijo:

—Estoy de acuerdo, tatita. Debemos hacerles un ofrecimiento de dinero —se sentó, vencida—. ¡Ojalá pronto termine todo esto! ¡Ya no doy más!

Después de varios encuentros llegaron a una decisión. El 14 de septiembre de 1870, don Carlos José Guerrero, albacea, y doña Felicitas Guerrero de Álzaga, albacea y heredera del finado don Martín de Álzaga, firmaban una transacción: cedían a los hijos naturales la suma de un millón y medio de pesos.

Más tranquilos se retiraron todos casi sin palabras, con un formal saludo.

La vida continuaría entre gente y comentarios. Entre adulaciones y sinceros halagos. Como siempre, para aclararse por dentro Felicitas recurría a la escritura:

Querido diario:
Cómo me gustaría saber quién es quién. Quiénes, mis amigos. Quiénes, mis enemigos. El amor... sigue aún intacto en el mundo de mis sueños. Muchos pretendientes. Pero... ¿quién me ama de veras? Estoy confundida. Dicen que tengo "todo". Fortuna, poder, juventud. Pero no amor. Tal vez, Ocampo. No sé, es seductor pero al mismo tiempo me intimida. Su mirada oscura me envuelve, me hace estremecer... Es contradictorio. Cuando estamos en público me halaga, me regala flores... en fin, quiere conquistarme. En esos momentos me empiezo a sentir feliz. Pero cuando me encuentro a solas con él me asusta, me desconcierta.

129

El diario quedó sobre el regazo de Felicitas. Permanecía ensimismada en sus reflexiones. Un rayo de luna iluminaba su bello rostro.

El año 1871 recibió a la viuda de Álzaga con mimos y promesas de amor. Se hallaba envuelta en un torbellino de emociones nuevas.

"Felicitas Guerrero de Álzaga, la joya de los salones porteños", declaraban los periódicos.

—Felicia, usted es una mujer fascinante —susurraban apuestos caballeros.

—Señora de Álzaga, hay que hacer algo con un peón que roba —advertía Barragán, que ya había sido nombrado capataz de La Postrera.

—Hermanita, hay que resolver el asunto este de los alambrados —le pedía Carlos Francisco.

—Mujer, te amo. Quiero que seas mi esposa —le escribía Enrique Ocampo.

Estancias, la casa de la calle Florida, la quinta, su familia, amigos y ahora propuestas de amor. ¿Amor? ¿Ella sabía algo? ¿Era un largo matrimonio como el de sus padres, basado en la preocupación por la seguridad de la familia que habían formado? ¿O sería como la alegría sensual que había visto en los negros Edelmira y Nicandro? Felicitas aún no lo sabía.

El 27 de enero de 1871 se produjo un caso de fiebre amarilla.

—Mamá, tata. ¡Qué horror! Es la peste —lloraba la joven viuda—. Recuerdo a mi pobre Félix.

Los señores Guerrero trataban de consolar a su hija pero ellos no podían tampoco ocultar su preocupación.

—No entiendo por qué no reaccionan las autoridades. Por Dios... ¡que tomen medidas ya! —se indignaba don Carlos.

Ante la indiferencia de los primeros momentos cundió el caos.

Una tarde doña Felicitas interpeló a su hija:

—Tienes que dejar Barracas. Reacciona, el foco está aquí, en el sur. Vamos hija, ven con nosotros a San Isidro —le suplicó la madre.

El calor de principios de febrero tornaba aun más pesada

la situación. Felicia, con los ojos entrecerrados se abanicaba en el jardín. Al fin habló:

—Mamita, no doy más. Está bien me voy con ustedes. —Se levantó como una autómata y empezó a dar a Edelmira las órdenes para poder partir.

Hacía mucho calor. Una persistente sequía angustiaba a los porteños. La falta de agua era una preocupación más para todos.

Al rato llegó la señorita Casares. Las amigas empezaron a hablar sobre las calamidades que los afectaban.

—Sólo nos queda rezar —expresó Albina.

Felicitas no lo pensó más. Tomó del brazo a su amiga para dirigirse a la pequeña capilla que se encontraba en la Quinta de la Noria. Se arrodillaron frente a la Virgen.

—¡Santa María, Madre Todopoderosa, apiádate de nuestro dolor!

Las amigas permanecieron allí, rezando en silencio, más de media hora. Al regresar al comedor los padres de la dueña de casa las estaban esperando para tomar el té. Charlaban cuando entró Catalina muy agitada.

—¡Vamos! A las seis de la tarde sale una procesión desde Santa Lucía.

Las jóvenes no dudaron. Se pusieron sombreros para protegerse del sol y salieron.

—Felicia, querida. No te olvides de que te estaremos esperando para ir a San Isidro —le advirtió la madre, quien estaba tomando un poco de aire bajo el roble del parque.

La multitud estaba expectante frente a la iglesia de Santa Lucía. Alguien rozó el brazo de Felicitas. Reconoció ese estremecimiento. No se hablaron. Los ojos de Enrique la devoraban. Ella quiso alejarse pero él la retuvo con fuerza. Nadie se dio cuenta de que el joven la amenazaba:

—¡Serás mía o de nadie más! ¿Escuchaste?

La mujer, asustada, se alejó bruscamente. Tomó el brazo de Albina adelantándose para ver mejor a la Virgen, que ya estaba en la puerta del templo. Su corazón latía aceleradamente. Empezó a decir el avemaría en voz baja. Iba tranquilizándose.

Eran las seis en punto de la tarde cuando empezó la procesión. Las campanas acompañaban el intermitente rezo.

Cientos de voces se hacían una sola. El sol permanecía en el azul del cielo. La bella Santa presidía la caravana.

El fin del recorrido era la Catedral. En la Plaza de la Victoria renovaron el pedido. Después de los nueve glorias emprendieron el regreso a Barracas.

La lluvia no llegaba. La fe cambiaba el semblante de esos peregrinos ansiosos. No había otra explicación para la paz que empezaba a respirarse.

Antes de entrar a la santa a su iglesia, la Calle Larga se oscureció empezando a quedar iluminada sólo por los látigos de luz de los relámpagos. El cielo gritó para después derramar sus lágrimas de lluvia sobre Barracas. La multitud cayó de rodillas llorando su agradecimiento al Poder Divino.

La naturaleza había concretado una vez más su misión purificadora. Con el ánimo renovado volvió Felicitas a su casa. Albina también sonreía. Al día siguiente todos se fueron a la quinta de los abuelos de la viuda de Álzaga.

Barracas comenzó a ser devastada. Las familias desmantelaban las señoriales quintas. El silencio de la muerte se cernía sobre el barrio. Ni el perfume de las magnolias ni el de los naranjos pudieron embellecer la atmósfera de soledad y dolor. Todo era desolación. Sólo quedaban flotando las palabras del doctor Manuel Argerich por las calles: "¿Quién es el que pueda disipar esta nube de muerte que pesa sobre nosotros, que amenaza nuestra existencia?".

La familia Guerrero se había refugiado en la quinta de San Isidro. La peste apesadumbraba a todos.

Una calurosa tarde de verano, las muchachas estaban sentadas frente al río protegiéndose del sol con sus coquetas sombrillas. Algunas bordaban y otras leían cuando fueron interrumpidas por la llegada de Carlos Francisco, Silvio y Antonio.

—Les traemos las últimas noticias —dijo el primero—. El doctor Eduardo Wilde afirma que la epidemia es fiebre amarilla. Para mí no hay dudas.

Pero el segundo refutó:

—El doctor Luque está estudiando los casos y dice que no es fiebre amarilla.

Antonio, el más joven de los tres, seguía la discusión. Algunas veces estaba de acuerdo con la teoría expuesta por su hermano mayor, otras con la de su tío Silvio. Al verlos discutir se levantó Tránsito sacudiendo su vestido:

—¡De uno u otro modo todo esto es terrible! Enfermedad, muerte... Qué carnaval funesto... Bernabé, ¿qué opinas? Yo pienso que de cualquier manera haremos el baile de máscaras que teníamos planeado —tomó del brazo a su prometido mientras le sonreía gatuna.

—Como tú lo dispongas, querida. Tal vez las máscaras nos permitan olvidar por una noche nuestro apesadumbrado rostro.

El señor Demaría, a pesar de su profundidad filosófica, se apoyaba en su novia para reencontrarse con la gracia y el empecinamiento de su optimismo vital. El grupo se dispersó. Anochecía. Cada cual iba a encontrarse con su máscara.

El día del baile Felicitas se miraba en el espejo. Su traje de gitana le atraía. Jugaba una y otra vez con su imagen especular. Su voz había adquirido una fuerza sensual que desconocía, aunque tal vez ya la hubiera presentido al entonar alguna melodía. Su escote blanquísimo estaba custodiado por sonoros collares multicolores. Le gustaba encontrarse con esa mujer que desconocía. Se besó en el espejo. Permaneció en un inexplicable momento de placer, de sublime reencuentro con ella misma, de uno y otro lado del espejo.

Un golpe en su puerta la sacó del éxtasis.

—Felicia, ya están todos en el jardín —era la dulce Albina, que estaba disfrazada de princesa incaica. Su cabellera rubia estaba sostenida por azules plumas.

Salieron de la casa y empezaron a caminar por el jardín. Era noche de luna llena. Algunos candelabros iluminaban las mesas. Los jóvenes disfrazados eran indescifrables sombras entre las plantas. El perfume de las flores daba al ambiente una dulzona sensualidad.

La pícara Catalina le pidió a Antonia que interpretara al piano una melodía flamenca. Sabía que Felicitas no se resistiría al embrujo de esa música. Así fue: con los primeros acordes la joven viuda empezó a mover sus pies. Le era imposible quedarse quieta. Todo su cuerpo se vitalizaba. Sus mejillas se encendían. Empezó a caminar. Nunca supo bien por qué una mujer era criticada si tomaba la iniciativa para bailar. Empezó a deambular por el jardín con el ritmo en la sangre. El aire gitano insistía. Al andar entre los verdes, rojos y floreados de sus tres polleras producía una suerte de multicolor abanico en el claroscuro del jardín. Era un alivio el antifaz. Jugar a ser otra. ¿Otra o ella misma en libertad? En la semioscuridad seguía el ritmo de la música. Alguien se acercaba. Ella presentía a un hombre detrás de sí. Empezó a hacer sonar sus castañuelas. En un irrefrenable movimiento elevó sus manos de juguetonas pulseras. Los brazos de mangas rojas quedaron sobre su cabeza.

El hombre tomó bruscamente su cintura. Siguió bailando como si nada. Él no hablaba, ella tampoco. En un deseo de ser cazadora no cazada tomó la decisión de darse vuelta. En un gesto felino quiso arrancar la máscara del negro dominó con sus rojas uñas. El misterioso encapuchado retiró la mano saboreando uno a uno sus afilados dedos. Eran mujer y hombre gozándose sin palabras. El flamenco se empecinaba. Ella no podía con tanto placer. Le clavó sus uñas, pegó un grito de horror al ver la sangre del desconocido en sus manos, y salió corriendo. Las últimas notas ejecutadas por Antonia ahogaron el nombre de Enrique Ocampo.

Felicitas se encerró en su habitación. Estaba a oscuras. No se animaba a buscar su diario. No quería mirarse al espejo. Arrojó por la ventana su máscara y se quedó dormida con la cabeza escondida entre las sábanas.

Amanecía el 24 de febrero con el horror de la peste. Todavía se escuchaban los cantos del carnaval callejero que se mezclaban con el llanto.

La comparsa de los negros
la más constante y real
a las amitas saluda
en el nuevo carnaval.
Y a las niñas, como esclavos,
se ofrece para servir.

Esclavos de cuerpo y alma
y fieles hasta morir.

Después de la locura carnavalesca el pánico vestía a Buenos Aires: la fiebre amarilla había pasado de San Telmo al Socorro.

El terror sacudió también al presidente y al gobernador de la provincia de Buenos Aires. Puesto que ambos escaparon de la ciudad hacia el campo por miedo al contagio. Esta actitud causó gran indignación entre la gente, que los tildó de cobardes. Por otra parte no pidieron autorización al Congreso. Un cronista del diario *La Prensa* preguntaba: "¿Es ésta la conducta de un presidente?"

Carlos Guido Spano escribía al redactor de *La Tribuna* Héctor Varela el 11 de marzo de 1871 felicitándolo por la noble actitud asumida desde la prensa ante la epidemia. Lo animaba a que, desde su lugar en el periódico, apelara a las autoridades para que destinaran más recursos para esta dolorosa emergencia. Además, ofrecía sus humildes servicios para asociarse a los esfuerzos de sus conciudadanos.

Imposible sepultar a todos los muertos en el Cementerio de los Recoletos. En la confusión habían llegado a enterrar a una mujer viva junto a su hijito muerto. Informaban los periódicos que dada la mala situación de los cementerios del Norte y del Sur y la estrechez de sus áreas era urgentísimo el establecimiento de un nuevo lugar. Para tal fin el 13 de marzo el gobierno de la provincia de Buenos Aires decretó abrir la Chacarita de los Colegiales, en el partido de Belgrano.

El 14 de marzo se formó la Comisión Popular que empezó a luchar sin descanso para vencer la enfermedad, consecuencia del flagelo de la guerra. Algunos de sus miembros cayeron cumpliendo con su deber. Entre ellos, los doctores José Roque Pérez, Francisco López Torres y Florencio Ballesteros.

La familia Guerrero se reunía casi a diario para comentar las últimas novedades. El 2 de mayo la epidemia devoraba a un mártir de la medicina: moría en Buenos Aires el Dr. Manuel Argerich. A causa de la misma enfermedad fallecía en la provincia de Córdoba el presidente y fundador de la Sociedad Rural, José Martínez de Hoz.

En el mes de mayo Felicitas decidió irse a La Postrera. Huía del terror externo e interno. Llamó a sus padres para comunicarles su decisión. Estaban en el jardín tomando un té cuando les dijo:

—He pensado que es hora de hacerme cargo de las estancias que mi marido me legó.

Al escuchar semejante afirmación de su hija Guerrero reaccionó indignado:

—¿Desde cuándo una mujer toma las riendas del campo? —caminaba enfurecido—. Pero, ¿te has vuelto loca? ¡Eso es cosa de hombres!

—Yo amo el campo. ¿Por qué no puedo cuidar de mis ovejas? ¿Del engorde de los ganados vecinos, del mío propio? Los cultivos del Salado pueden dar alimento. Es buen momento, el presidente Sarmiento nos apoya. Además hay que empezar a alambrar...

El padre no soportó más:

—¡Basta! ¡No quiero escucharte! —y sin ninguna explicación salió de la casa.

La madre tomó las manos de su hija en señal de solidaridad pero no podría pleitear con su marido. Felicitas se retiró a desahogarse con el viejo diario.

¡Oh Virgencita, qué difícil de entender es todo esto! ¿Por qué una mujer no puede aconsejar sobre alimentos, sobre animales? ¿Por qué se enoja papá? ¿Porque quiero trabajar, ayudar a la familia? ¿Acaso quiere que me quede aquí en reuniones sociales y que pase a ser sólo nota de cronistas de periódicos y revistas? No, no quiero eso para mí...

8

LA TIERRA ES MUJER

Era un cálido atardecer de junio, el infaltable "veranito de San Juan". Se preparaba la tormenta. Un sol brumoso caía sobre La Postrera. Catalina y Antonia acariciaban los terneritos. María juntaba plantitas para preparar un saludable té de menta. Carlos y Manuel cabalgaban a orillas del Salado.

Desde los tiempos coloniales en esta época se celebraban las fiestas populares de San Juan y San Pedro. La atmósfera se templaba por unos días. El clima cambiaba dentro de las crudas temperaturas invernales. Esto hacía que la gente se animara más. En las calles y las plazas se hacían grandes fogatas que se llamaban San Juanes. Esta fiesta popular se repetía, aunque en menor escala, en las de San Pedro.

En las casas se jugaban las Cédulas de San Juan, en las reuniones se sacaban éstas de un canastito en el que se ponían los papeles con los nombres de los concurrentes. Destinado para las solteras, se decía que era "de los novios".

Los jóvenes de la casa se preparaban para la noche siguiente. La viuda de Álzaga parecía no ver ni escuchar los preparativos. Caminaba solitaria en silencio. Quería disfrutar de la belleza del río. Sentada debajo de la glorieta, languidecía. Necesitaba alejarse del tumulto de la vida porteña. Estaba cansada de contradicciones, de máscaras que sólo lastimaban, de tentaciones diabólicas que alteraban el sueño.

Miró hacia arriba, el cielo estaba congestionado de plomizas nubes. Los peones le habían advertido a su hermano Carlos:

—Dígale a la señora que no venga al campo todavía. Cuando llueve aquí uno no puede moverse por varios días.

Pero a ella no le importaba. Deseaba que ese año lloviera con más fuerza que nunca para no salir de su estancia preferida. Quería refugiarse en la ternura de su familia y la mansedumbre del lugar.

Un fuerte relámpago sacudió sus reflexiones. No escuchaba las advertencias de sus hermanos que corrían a refugiarse en la casa. Continuaba sentada. Con las primeras gotas de lluvia comenzó a caminar hacia el monte de talas. Se alejaba cada vez más de su residencia con el vestido empapado que abrazaba con fuerza su cuerpo. La lluvia le impedía la clara visión. Intentó sacarse los cabellos de sus ojos cuando cayó de bruces por culpa de unas ramas. Dos, veinte, nunca supo cuántos minutos pasaron hasta que escuchó:

—Felicia... ¡Felicia! ¿Dónde estás? ¡Contéstame, por Dios! —era Cristián, que había salido a buscarla.

Casi sin fuerzas la muchacha logró susurrar:

—¡Aquí!

El joven acudió rápidamente a su encuentro. Mojada y sucia de barro la viuda de Álzaga se abrazó a Demaría llorando.

—¡No doy más! ¡Cuánto dolor! —decía con la voz entrecortada por los temblores.

Cristián le colocó su chaqueta sobre los hombros y la ayudó a emprender el camino de regreso. Apoyada en él continuó:

—¡Cuánta responsabilidad! ¡Estos campos, mi familia! Tengo que sacar fuerzas para seguir... —hizo una pausa para enjugar sus lágrimas—. Y para colmo ese hombre, Enrique Ocampo. ¡Me da tanto miedo! ¡No quiero verlo más!

El joven apretó su hombro y le respondió:

—Gracias por confiar en mí. Tienes mi incondicional apoyo y todo mi cariño.

Cuando llegaron la familia los recibió con alegría. Después de cambiarse de ropa se unieron al grupo, que tomaba un chocolate junto al fuego. Felicitas se reanimaba. Empezó a reír y participar de los comentarios de los demás.

Cristián, callado, la observaba desde el dintel de la puerta. Se sentía feliz viéndola feliz. Afuera, el campo se nutría de la benéfica lluvia.

Esa noche, como en otras ocasiones cuando caían copiosas

lluvias, se reunieron tropas de carretas guiadas por vascos. Éstos llevaban grandes sumas de dinero en sus tiradores adornados con plata y esterlinas. Al escuchar la música que venía de la galería Felicitas invitó al grupo a unirse a los peregrinos. Las guitarras engalanaron la noche con tristes, milongas y estilos.

—¿Bailamos esta zamba? —la invitaba su hermano Manuel.

La joven disfrutaba de esa noche que había empezado mal. La vida le enseñaba que una misma realidad, en este caso la lluvia, podía ser tomada como impedimento para trabajar o bien como motivo para bailar y cantar. Los pañuelos eran palomas en la noche de baile folklórico. Al rato todos los acompañaban en la tradicional danza.

Más tarde se sentaron para ver bailar un malambo. Dos peones jóvenes empezaron a moverse al ritmo de la varonil danza. Las espuelas brillaban en la oscuridad como intermitentes estrellas. Antonio miró a su hermano Manuel. Sin decir nada se unieron al malambo. Las mujeres sonreían ante la destreza y resistencia de los bailarines. Un cerrado aplauso marcó el final.

La gente tomaba vino y saboreaba empanadas criollas. Algunos seguían cantado. El cielo empezó a apaciguarse. Aparecía la primera estrella cuando decidieron irse a dormir.

Al otro día Felicitas participó de la fiesta de San Juan. Sus hermanas habían preparado las tradicionales canastitas. Las habían forrado con felpa punzó. Tenían flecos de seda que caían de sus bordes, de los que también salía una bolsita de seda rosa con un cordón. En una se leía "Suerte para las señoritas", y en la otra "Suerte para los caballeros". Las jóvenes las habían colocado sobre una base de metal dorado trabajado imitando hojas de plantas, cuyas puntas hacían de pie. En el interior de las bolsitas estaban las cédulas todas en papel rosado. Se unían los versos y los nombres de a cuatro.

Los versos de Santiago Calzadilla decían:

Si a la luz de algún candil
te observase amiga mía

> *¿hallaré las tretas mil*
> *con que llenas tu alcancía?*

A lo cual Mercedes O. de Casares respondía:

> *Compadre, su danza aguda*
> *me permite preguntar:*
> *si usted en algo se escuda*
> *porque no lo hagan cantar.*

Y seguían las pícaras cédulas de San Juan en medio de una fuerte lluvia.

Después de la tormenta la viuda de Álzaga empezaba a recorrer sus campos. Quería dirigir el trabajo del alambrado pero los peones la trataban con amabilidad y, a la vez, con una sonrisa lograban eludirla.

—Señora, mi mujer dice que agradece las mantas que manda para los niños —agradecía uno.

—Patroncita, mi china está pronta a parir otra vez. No anda bien, de noche se queja. ¡Vaya, por Dios! —rogaba otro.

—¿Que faltan vacas y ovejas? Dígale a su tata o al niño Carlos: ésas no son cosas de mujeres —decía el más confianzudo.

Ella cuidaba de la salud de su gente pero... ¡por qué no de sus tierras, sus plantas, sus animales... y su dinero! ¿Por qué una mujer no podía tocar la plata? ¿O tal vez sería que no se podía dar una opinión sobre negocios? Desde chica soñaba con llegar a ser compañera del hombre, y además ella amaba el campo. "¡Oh Virgencita! ¿Por qué no me dejan trabajar?", se interrogaba mientras caminaba por su territorio.

Estuvo todo el día meditando acerca de cómo resolver los problemas que veía. Un peón, Pedro Gómez, estaba abusando del dolor por la muerte de su marido y la falta de un patrón que pusiera límites a sus fechorías.

—Están faltando vacas. ¡Esto ya no puede ser! —le repetía inútilmente la estanciera.

—No es así, señora. Usted no ha contado bien. Quédese tranquila —le contestaba en ese tono reposado y suave del hombre de campo.

—¡Cómo se atreve a contestarme de ese modo! —le decía indignada.

Al escuchar que Felicitas elevaba la voz se acercaron Barragán y Manuel para hablar con Gómez. Tal vez los hombres pensaran que las sospechas de la joven eran infundadas. Cada vez que ocurría un incidente de esta naturaleza los hombres de la familia trataban de tranquilizarla. Pero ella se retiraba refunfuñando para meditar acerca del problema y, también sobre otros asuntos del campo. Ahora que no estaba Álzaga había que ocuparse de todos estos temas. Recordaba lo aprendido junto a su marido. Le parecía escucharlo cuando hablaba con el capataz:

—Los precios de la carne están bajos, hay que trabajar en los saladeros. Por ahora no conviene vender.

Aquella noche la joven estanciera se retiró para leer acerca de este tema. Así supo que el salado de las carnes había aparecido en el Río de la Plata en forma comercial merced a franquicias aduaneras y abaratamiento de la sal a fines del siglo XVIII. Pero la verdadera industria había surgido más tarde con las medidas de libre intercambio que decretaron los primeros gobiernos patrios. El saladero valorizaba el producto al poder exportar la carne del ganado bonaerense que antes tenía la capital como único mercado. Los animales debían llegar desde los campos de la provincia de Buenos Aires hasta el Riachuelo, Ensenada u otros puertos donde necesariamente estaban ubicados los saladeros puesto que sus productos debían ir a ultramar.

—Virgencita, ojalá que leyendo pueda encontrar la solución a estos problemas. —Después de unos mates prosiguió. Se enteró de que a partir del año anterior habían crecido las invernadas y que ese mismo año los corrales de abasto empezaban a registrar los vacunos que salían para ese fin.

Felicitas pasó la noche pensando el modo para descubrir al cuatrero. Hasta que llegó a una conclusión: el desarrollo del saladero también podía facilitar el engaño, puesto que con la invernada los animales ya no iban desde la estancia al matadero sino que pasaban por diferentes dueños. Pedro, quien era el encargado de arrear la hacienda hasta los campo de engorde, ejercía el abigeato de acuerdo con un estanciero invernador. La trampa consistía en cambiar habilidosamente la marca original de la dueña. Sólo había que crear una estrategia para descubrir al pillo. Por fin pudo, satisfecha con su aprendizaje, conciliar el sueño.

Al día siguiente, mientras todos tomaban el desayuno, el menor de la familia, José Manuel, advirtó con inteligente inocencia el cambio operado en el semblante de su hermana mayor. Tomándola de la mano le dijo:

—¡Se te ve contenta esta mañana! Anoche no comiste, ¿no? —le dijo el niño de tan sólo siete años.

—Siempre tan observador, mi hermanito —le contestó ofreciéndole un pan con manteca y un beso.

Estaba tranquila. Le encargaría a Carlos Francisco que se ocupara de Pedro Gómez. Por el momento no diría nada ni a Antonio ni a Manuel. Ya pronto iban a darse cuenta de que ella estaba en lo cierto. Sus hermanos no se explicaron el cambio de humor. Felicitas sonreía y les hablaba como si nada hubiera pasado. Además ya había pensado quién reemplazaría a Pedro: Remigio Molinas era la persona indicada. Era honesto y muy trabajador. Por otra parte toda su familia había trabajado en los campos de Álzaga desde tiempo atrás.

Al padre le parecía una insolente locura que administrara el campo, en cambio había otro hombre que sí la consideraba capaz: su hermano Carlos. Empezó a escribirle:

Postrera, junio 13/871
Señor Dn. Carlos Guerrero
Querido hermano: recibí tu carta con fecha 31 del pasado, por conducto de Idiarte. Casualmente estábamos en el paso cuando él llegó, así es que no tuve necesidad de llegar allí. Mamá estaba deseando recibir carta tuya...

Mañana si Dios quiere saldré para Buenos Ayres con Marta.

Mamá, papá y demás familiares se quedarán todavía aquí por algunos días; papá está desesperado por irse pero mamá no quiere.

Por ahora creo que no te quejarás de que no hay agua,... aquí ha llovido muchísimo, está el campo que da gusto de agua. El Salado está muy crecido. Es de esperar que tengamos un año muy bueno para que trabajen los saladeros. Ya que por ahora de faena no hay esperanzas, únicamente tendremos que ocuparnos del saladero... La última tropa que llegó se vendió bastante regular: a 200 y pico. Antes de llegar la tropilla tuvimos aviso de Gaspar de hacerla esperar aquí hasta que él nos avisara... por eso se ha vendido regular. Por lo tanto los dueños han preferido hacerlas volver. Los precios están muy bajos; por ahora no vale la pena vender. No sé lo que escribo, los muchachos están jugando a las barajas y es un barullo, gritan como locos, no me dejan escribir.

... Me alegro de que hayas mandado los capataces de Manantiales y no te olvides de poner pobladores en la loma, pero que sean personas de confianza. El otro día pasó por aquí un vecino de ésa y nos recomendó que era muy necesario el cuidado de esa loma...

Espero que quede todo arreglado y te vengas porque mamá está deseando verte, y todos nosotros también.

....

Todos te mandan saludos. Cariños a Silvio de mi parte. Mamá me encarga te repita que vengas pronto.

Sin más por ahora, recibe el cariño de tu hermana, que desea verte.

Felicitas

Deseamos saber algo más sobre tu negocio, aquel que me encargas. Si me mandas a decir es preciso que sea con una persona de mucha confianza.

Después de terminada la carta la joven estanciera se fue a escuchar el silencio del crepúsculo. Se sentó bajo la glorieta frente al río Salado. Le preocupaba que los cueros vacunos, las lanas y los cueros lanares hubiesen llegado ya a un grado tal que todo lo que se produjera de más no tuviese colocación en el mercado. Las consecuencias eran inevitables: los precios tendían a caer más y más.

Apoyó su cabeza. Quiso olvidarse de estos problemas por un instante. Respiró hondo. El perfume del pasto húmedo de rocío la reconfortaba. Miró el cielo curiosamente violeta. Permitió que el color la envolviera. La quietud beatífica se sacudió con el desaforado coro de animales despidiendo el día. Su

143

corazón se aceleró, decidido a unirse a la muerte del sol. La negrura del cielo alterado por persistentes estrellas la atrapó en la totalidad del Universo.

Para Felicitas pasaban los meses del '71 en un Buenos Aires con reuniones sociales y halagos periodísticos. Nada cambiaba su soledad ni su temor hacia Enrique Ocampo. Su presencia era una sombra oscura a sus espaldas. Le provocaba un miedo indescriptible. ¿Huía de él o de su propia máscara? Toda esa confusión se disipaba cuando estaba en el silente campo. Allí su alma podía sentir las alas de la libertad.

Matizaba estas ansiedades con la alegría de acompañar a Tránsito en los preparativos de su boda con Bernabé. Por fin esa explosiva relación terminaba en matrimonio. Se casaron en San Pedro Telmo el 16 de octubre de 1871. Se los veía felices. Cristián sonrió al ver bailar el vals "El bello Danubio azul", de Johann Strauss, a la flamante pareja. Amaba a su inteligente padre. Verlo acompañado para toda la vida con una nueva esposa era tranquilizador.

Fue en busca de una copa de champagne. Después de tomar el primer sorbo levantó la vista para encontrarse con la belleza de la mujer de sus sueños. No dudó ni un instante más. Dejó la copa sobre la bandeja de plata para avanzar hasta el silloncito de capitoné azul donde se abanicaba distraída Felicitas. Por primera vez la invitó a danzar el romántico vals. Ahora sí pasaban a ser parientes. Bajo su mano sentía al fin el esbelto talle de la joven viuda. Ella lo miraba con ternura. Él evitaba enfrentarse con sus ojos. Temía que la mujer descubriera su intenso amor. Todo su ser palpitaba ansioso por confesarle los sentimientos largamente atesorados dentro de sí. Pero no pudo. Cuando iba a empezar a hablar la música cesó. Ella se soltó suavemente. Se iba alejando entre los invitados con una sonrisa. El instante mágico se diluyó tenue para ingresar al mundo de sus recuerdos. Su tío, don Mariano Demaría, lo tomó del brazo para incorporarlo al grupo integrado por Pablo Cárdenas y Carlos Francisco, quienes conversaban acerca de las últimas novedades políticas.

Fue una noche de emociones alegres. La familia Guerrero regresó a su casa feliz por el nuevo matrimonio. Sentían que habían ganado a un pariente sensible e inteligente. Felicitas los adoraba a los dos.

A principios de noviembre llegó a Barracas el capataz de La Postrera para pedirle asistencia médica para su mujer enferma. La viuda de Álzaga inmediatamente respondió:

—¡Cómo no, Barragán! Mañana mismo partiré a llevarle los medicamentos y la ayuda que necesite —la joven se reanimaba: el ayudar la ayudaba.

—Edelmira, ve a llamar a Albina y a Cristián. Seguramente Don Bernabé y Tránsito quieran venir también. Nos vamos a La Postrera. Y manda a algún criado a la botica a comprar los remedios que necesita la señora de este buen hombre.

El capataz estaba emocionado al ver una vez más la generosidad de su patrona. Besándole la mano le dijo:

—Señora, usted es un ángel. ¡Que Dios y la Virgen la bendigan!

—¡Vamos hombre! ¡Qué menos puedo hacer por mi gente! Ustedes son también muy buenos conmigo —le contestó palmeándole el hombro—. Y ahora ve a buscar todas las mantas y ropa que tu mujer necesite.

La viuda de Álzaga se sentía feliz siendo útil. ¡Además... volver al campo! Era un gusto aspirar la vida en sus cultivos, en la leche recién ordeñada y en el mugido del ganado.

La mansión de Barracas era un revuelo con los preparativos del viaje de la señora. Los criados corrían preparando la galera que los conduciría hasta la estación del Ferrocarril del Sud.

Más tarde llegaron Albina y Cristián para comer. Los jóvenes hicieron una larga sobremesa de entusiastas comentarios.

—Si no les parece mal, tengo pensado pasar algunos días en La Postrera cuidando de la salud de Micaela, la mujer del capataz. Y después, si todo está bien, me gustaría que fuéramos a Laguna Juancho. ¿Qué opinan?

Sus amigos estuvieron de acuerdo con los planes de la muchacha. Los dos querían profundamente a esta mujer generosa. Charlando no se dieron cuenta de la hora, pasada la medianoche se fueron a acostar.

Por la mañana llegaron Demaría y su esposa. Don Berna-

145

bé estaba bien provisto de bastidores y colores para plasmar la belleza de los campos en sus telas.

Todos juntos partieron para tomar el tren a Chascomús.

La estación del ferrocarril estaba llena de gente. Hablando y riendo el grupo se abría paso entre la multitud. Alguien apretó el brazo de Felicitas. La joven viuda se dio vuelta furiosa pero no vio a nadie detrás de sí. El recurrente pánico se apoderó de su cuerpo.

—Te pusiste pálida de repente. ¿Qué pasa? —le preguntó Cristián cuando subían al tren.

—Nada, es sólo un poco de cansancio —tranquilizó la joven a Demaría.

Ensimismada en sus pensamientos, apenas habló durante el viaje. Tránsito, a su lado; más atrás, don Bernabé, el capataz y Edelmira; frente a ella, Albina y Cristián. La joven viuda sólo respondía con alguna sonrisa a los comentarios del grupo. Suelta su mirada por los campos, la ventanilla era su mejor escenario. Los ojos cerrados, el viento desordenando sus cabellos, aligerando sus preocupaciones.

Al mediodía, en Chascomús, los esperaba el infaltable asado de los amigos.

A las cuatro de la tarde el capataz anunció:

—Los carruajes esperan, señora.

—¡Gracias, Barragán! Ya vamos.

A la noche los esperaba La Postrera con el florecido monte de talas, el sonido del Salado, sus hermanos y la servidumbre con las luces encendidas en la galería. Al verlos corrieron a saludar y ayudar a bajar el equipaje. Sin aceptar la cena que le ofrecieron Felicitas fue inmediatamente a ver a Micaela. Dio órdenes para que le administraran los medicamentos mientras ella misma le daba un caldo a la enferma. Amanecía cuando la fiebre desapareció.

—Patroncita, usted no durmió. Vaya nomás, mi china ya está sana. ¡Dios la bendiga! —agradeció el capataz.

Edelmira entró a la casita con un mate de leche.

—Tome algo caliente, mi niña y abríguese.

La criada y su ama salieron de la zona donde estaban las viviendas de la peonada. Iban calladas, felices hacia el casco de la estancia. A la derecha, el sol empezaba a iluminar el Salado. A la izquierda, el ganado pastaba.

Doña Felicitas, Albina, Antonia y Cristián la esperaban para desayunar. Bernabé ya había instalado sus bastidores junto al río para pintar el amanecer campestre. Tránsito, junto a él, disfrutaba de ese idílico instante.

Después del desayuno Felicitas se fue a descansar tranquila sabiendo que su gente estaba bien.

Después de pasar algunos días en La Postrera dando indicaciones al personal decidió partir hacia Laguna Juancho.

Ayudada por la mano de Cristián, Felicitas subió al carruaje. Detrás, Albina y Antonia. El joven Demaría miraba disimuladamente la hermosa figura de la viuda de Álzaga. Con su habitual elegancia iba aumentando junto a él frente a las dos jóvenes.

—¡Valerio, adelante! —ordenó.

El impulso de la partida hizo que el cuerpo de la joven se reclinara levemente sobre el de Cristián. Ella sonrió inocente; él se acomodó el chaleco para ocultar su estremecimiento. A poco de andar empezaron los relámpagos. La noche era sombría. Dos guías iban a caballo indicando el camino hacia Laguna Juancho. No se veía. Los caballos resbalaban en el fangoso terreno.

—Tengo miedo —se animó a decir Antonia.

Los demás estaban mudos desde hacía un buen rato porque no se habían animado a pronunciar esa palabra.

El carruaje se detuvo en medio de una implacable tormenta.

—¿Dónde estamos? —preguntó Felicia cuando asomó el cochero.

—Nos perdimos, señora —contestó.

—¿Escuchaste, Cristián? ¡Cómo es posible con dos guías! —expresaba la viuda de Álzaga.

La lluvia castigaba el techo del carruaje. Albina y Antonia permanecían muy juntas sentadas en silencio. Se les notaba el temor en la expresión. El coche era movido por la fuerza del agua. Las ruedas, aprisionadas en el barro. No podían avanzar sin titubeos. Felicitas con una mano sostuvo su falda mientras con la otra abría la puerta.

—Por Dios, ¿dónde estamos?

Una voz varonil respondió:

—En mis tierras, que son suyas.

El desconocido jinete, en un rápido movimiento, se sacó el poncho que llevaba sobre sus hombros para ponerlo de alfombra. Tendió la mano para que la joven pasara a otro carruaje mientras se presentaba.

—Sáenz Valiente, a sus órdenes señora.

Era un hombre de veintitantos años, alto, elegante y distinguido. Sus campos eran vecinos de los de Álzaga. Felicitas lo había visto en alguna reunión en la quinta que tenía la familia Sáenz Valiente en Barracas. Alguna otra vez se lo había cruzado en el Teatro Colón y tal vez en algún baile en el Club del Progreso. Hasta ese momento Samuel había sido solamente parte del escenario agradable y aristocrático que frecuentaba la hermosa viuda. Pero esa noche se sintió acariciada por su mirada azul y sus galanteos.

El estanciero recibió al grupo en el casco de su estancia, que estaba rodeada de un frondoso bosque y barrancas de blancas conchillas. En su desembocadura las aguas del Salado corrían mansas entre los pajonales.

El primer poblador había sido don Clemente López Osornio, el abuelo de don Juan Manuel de Rosas, muerto en manos de los indios, que atacaron a él y a sus peones cuando hacían fuego para sacar su hacienda de adentro de unos juncales; el humo había atraído a los salvajes.

Cerca de la casa, un olmo había sido testigo del descanso de Mitre cuando apenas tenía 18 años, en tiempos en que la estancia pertenecía a su amigo don Gervasio Rosas, nieto del fundador del Rincón de López. El padre de Bartolomé, al ver la precaria salud de su hijo, lo había enviado a la estancia de su amigo para que se restableciera. Allí mismo trabajaba a la par del personal. Al terminar el día, el joven descansaba en el poco tiempo libre que le quedaba para reencontrarse con su vocación literaria. A la sombra de aquel árbol se habían gestado sus bellas rimas. Cuando el padre del joven se enteró de los trabajos rudos a los cuales era sometido su hijo, ordenó su regreso a Buenos Aires. Mitre volvió de a caballo junto a un vaqueano atravesando lagunas y bañados entre talas, ceibos y sauces.

En la misma estancia pasaba también largas temporadas Lucio V. Mansilla, sobrino de Rosas, que bajo la presidencia de Sarmiento había sido nombrado jefe de la frontera de Río Grande. Esa circunstancia le había facilitado escribir sobre la época, ya que había conocido muy bien a los indios. Sin armas había logrado convivir entre ellos y hasta llegar a ser amigo del cacique.

La casa estaba pintada de color rosado. Tenía grandes columnas y ventanales con rejas. Sáenz Valiente recibió a los jóvenes con una rica comida, ropa para cambiarse y la invitación para pasar la noche. Pero sólo tenía ojos para Felicitas.

Carlos Francisco y Cristián compartían un café con Lucio V. Mansilla. Le narraban las vicisitudes que habían pasado por el camino. El escritor les contó que el terreno era un guadal, una tierra blanda y movediza que habiendo sido pisada con frecuencia, no puede endurecerse. La pampa estaba llena de estos obstáculos.

Se quedaron conversando hasta muy tarde.

A la mañana siguiente Sáenz Valiente aprovechó que el joven grupo dormía para invitar a la viuda, quien apenas había descansado, a dar un paseo. Después de la lluvia es un gusto respirar el campo empapado y descubrir el sol en los destellos de las flores. Caminaban en silencio. Escuchando el canto de los pájaros despertando el día. Una vez más el servicial poncho de Samuel sirvió de alfombra para sentarse juntos debajo del paraíso en flor.

—Nuestro encuentro ha sido maravilloso, mi querida señora. Agradezco a Dios la tormenta que la trajo a mis tierras —la piropeó Sáenz Valiente.

La joven le sonreía sonrojándose. Su corazón se aceleraba. Ella, tan elocuente, se quedaba sin palabras. Todas le sonaban insuficientes para expresar sus emociones. Sólo atinó a pronunciar un "Gracias, Samuel, por su amabilidad", acompañado de una profunda mirada que acarició la piel del estanciero. Él no pudo sostener la turbación por la cercanía de la mujer. Se levantó alejándose de ella para volver con un ramo de violetas que colocó a sus pies. El galanteo los envolvía con la dulzura del nacimiento del amor.

Al mediodía hubo un asado, y por la tarde se pusieron a

matear. Mientras lo hacían, Mansilla les contó cómo matan los indios las vacas:

—"Esa vaca gorda es para usted, hermano", me dijo. Enlazada y pialada la res, cayó en tierra. Creí que iban a matarla como lo hacemos los cristianos, clavándole primero el cuchillo repetidas veces en el pecho, y degollándola en medio de bramidos desgarradores, que hacen estremecer la tierra. Hicieron otra cosa. Un indio le dio un bolazo en la frente dejándola sin sentido. En seguida la degollaron. "¿Para qué ese bolazo, hermano?", le pregunté a Mariano. "Para que no brame, hermano", me contestó. "¿No ve que da lástima matarla así?" Que la civilización haga sus comentarios y se conteste a sí misma, si bárbaros que tienen sentimiento de la bondad para con los animales son suceptibles o no de una generosa redención.

El estanciero y Felicitas no participaron de la charla. En silencio no hacían más que mirarse con ternura.

Después de una semana de crepúsculos compartidos frente al Salado y amables conversaciones con los amigos, Samuel le confesó:

—Felicitas, te amo.

Fue en el monte de talas. Las mariposas revoloteando sobre la sombrilla de la joven viuda eran flores para engalanar el amor que por fin llegaba con toda la fuerza poética a su corazón. Después de ese atardecer todo tuvo un nuevo colorido.

El grupo que la acompañaba se alegró de que Felicitas volviera a ser feliz. Samuel hizo preparar una rica comida para anunciar su noviazgo y despedir a su novia, quien al día siguiente debía regresar a su quinta.

—Por nuestro amor —brindaba el estanciero.

Aquel sábado en El Rincón de López se escucharon risas y música hasta la madrugada.

Al otro día la viuda de Álzaga tuvo que volver a Barracas. Su enamorado iría a visitarla. Le costaba dejar ese lugar donde había comenzado su noviazgo con Sáenz Valiente.

Ya en su quinta a la hora del crepúsculo se sentaba en el quiosco para recordar los besos de Samuel. Cuando la nostalgia oprimía su pecho comenzaba a entonar alguna melodía. Cantar seguía siendo su mejor modo de expresión.

Pasaba las tardes reuniéndose con sus amigas. Los comentarios corrían alrededor del horrible hecho de Azul. El 4 de noviembre un hombre después de desnudar y atar a un árbol a su esposa puso al fuego una marca de hierro con la cual selló cada uno de los pechos y el vientre de la mujer. Los diarios se ocupaban del espantoso hecho. *La Prensa* del 14 del mismo mes, bajo el titular "La víctima de Azul", decía que los médicos pensaban que la señora iba a quedar defectuosa por los grandes daños sufridos.

—¿Se dan cuenta? Ese señor que dicen pertenece a una respetable familia trató a su mujer peor que a una vaca de su propiedad —comentó Dolores Flores, quien en los últimos tiempos frecuentaba a Felicitas.

Cuando las amigas se retiraron, Dolores quiso quedarse a solas con la dueña de casa. Después de un rato se animó a confesarle que estaba enamorada de Carlos Francisco:

—No sé si recuerdas, Felicitas. Pero tu hermano bailó conmigo toda la noche en la última fiesta del Progreso —le confesaba—. Después, en la reunión que hizo tu cuñada el mes pasado en su quinta de San Isidro, no dejó de atenderme.

Felicitas la escuchaba con suma atención. Siempre había sentido que estar enamorada y feliz junto al hombre elegido era lo más maravilloso que le puede ocurrir a una mujer.

Volvió a mirar a Dolores. La expresión de la muchacha se ensombrecía al decir:

—Pero no sé nada de él. Se fue al campo, no escribe. Las palabras dulces que me dijo a la luz de la luna... A veces pienso que las soñé —la muchacha se echó a llorar.

Su amiga intentaba consolarla. Mientras le acariciaba la cabeza pensó que debía responder cuanto antes la carta que le había mandado su hermano.

Después de comer Dolores se fue más tranquila y Felicitas, sola en su dormitorio, empezó a escribir.

Señor Don Carlos Guerrero:
Querido hermano:
En este momento recibo tu carta de fecha 13 del presente

151

viendo con gusto que te encuentres bien de salud, por aquí no hay novedad gracias a Dios..., porque tendrás mucho trabajo y después que no se podrá vender hacienda y se necesita mucho dinero porque la casa de calle Florida es un pozo que parece no tener fin.

Respecto a lo que me dices de Pedro Gómez, creo que es un hombre que se necesita en ese establecimiento sin consentir por eso que lleve vacas o yegüas, las ovejas tú verás cómo mejor se puedan arreglar. Será bueno te apresures un poco con la esquila: parece que las lanas bajarán. Debes mandar toda la hacienda que se pueda.

Se ha presentado un escrito pidiendo que nos dejen cortar palos en el campo que compré, también se verá el medio de quitar a ese pillo del establecimiento del modo que más convenga.

Ahora te diré algo de nuestros amigos. Parece que lo de Enriqueta se está formalizando, ya está pedida. Octavio está medio apichonado ni tiene ganas de estudiar, está loco por Catalina. Malena parece que tiene envidia y quiere a ... a ... y Pedro siempre con sus camorreos y su grosería contando siempre los trapos que ha echado al tacho.

Dolores Flores está aquí y te manda recuerdos y dice que un loco dio con la manía y que a ti ¿por dónde te ha dado?

La negra y Catalina están en el pueblo, por eso no te mandan recuerdos.

A fines de este mes o principios del entrante pienso estar en La Postrera; el primero de enero se inaugura el puente de La Postrera, es preciso que vengas.

Si ves a Samuel dale recuerdos de mi parte.

Sin más por ahora, se despide tu hermana que desea verte.

Felicitas G. de Álzaga
San Martín de Barracas
Noviembre 20, 1871.

No te extrañes por los borrones escribiendo de prisa.

Se quedó dormida con el recuerdo de su enamorado. "Si ves a Samuel dale recuerdos de mi parte", entre un cúmulo de obligaciones de trabajo, tareas del campo y encuentros y desencuentros amorosos lo había escrito como algo sin demasiada importancia. Pero ella estaba preocupada por la falta de noticias de Sáenz Valiente. Por primera vez sentía miedo al abandono. Además lo necesitaba, deseaba su presencia, la seducción de su voz y la sensualidad de sus besos. Se quedó dormida con el recuerdo de su enamorado.

La despertó Edelmira. Mientras corría los cortinados le anunció:

—Niña, el señor vino de la estancia. La está esperando en la sala.

La negra se apresuraba buscando vestidos para su ama.

—¿Quién vino? —preguntó entredormida.

—¡Don Samuel! —contestó enseguida la negra.

Felicitas saltó de la cama descalza. No sabía qué hacer primero: si peinarse, vestirse, ordenar que le avisaran que volviera más tarde... no lo pensó más se puso una bata y corrió con los cabellos revueltos a echarse en los brazos de su hombre.

—Mi amor, mi querido —le decía entre besos.

Él estaba fascinado teniendo en sus brazos a esta mujer joven, apasionada, hermosa y riquísima. Abrazados, riéndose rodaron sobre la alfombra de la sala. De pronto él se incorporó. Ella al verlo tan serio se alarmó.

En silencio, sin dejar de mirarlo, Felicitas se sentaba en el sofá. Se arreglaba la cabellera con los dedos. Samuel estaba de pie frente a ella. Vestía bombachas, botas y pañuelo blanco al cuello. Su tez bronceada hacía aun más claros sus ojos e intenso el dorado de su pelo. Se retiró un poco más para disfrutar del cuadro que formaban la belleza de la mujer, el rojo de las rosas sobre el piano y los destellos del sol filtrándose por la ventana. Por fin habló:

—Felicitas Guerrero, quiero casarme contigo.

La mujer sin moverse empezó a sonreír mientras lloraba. No podía creer que después de tanto dolor empezara a ser feliz. El verdadero amor había llegado a su vida.

—Esta planta de jazmines es mi primer regalo de novios —el joven Samuel fue hacia la puerta donde había dejado la maceta cuadrada de madera con las perfumadas flores.

—¡Es preciosa! —hundió su rostro entre los pimpollos para aspirar su aroma. Luego dijo sonriendo—: ¡Gracias, mi amor!

La sociedad de Buenos Aires no hablaba de otra cosa. La viuda de Álzaga iba a casarse con el joven estanciero Sáenz Valiente.

La mansión de la calle Florida se estaba preparando para que la futura pareja fuera a habitarla. El traje de bodas había sido encargado a París. Sueños, proyectos... era renacer a la vida.

La Navidad de 1871 empezó con el horror de una catástrofe: el incendio del vapor "El América". Pasada la una de la madrugada, a pocas millas de distancia de la costa uruguaya se produjo el hecho que sumió en la más profunda desolación a toda la sociedad. Dos días después la familia Guerrero seguía con los comentarios. Estaban reunidos en la galería de la quinta de Barracas.

Don Carlos, indignado, decía:

—Según las versiones de los pasajeros, el vapor "Villa del Salto", que se dirigía también a Montevideo, pasó delante de "El América" a la altura de San Gregorio —se levantó para buscar el diario *La Prensa* que esa mañana había llevado don Bernabé—. Según el maquinista, cuando el capitán Bossi se dio cuenta de que el vapor "Villa del Salto" lo había pasado, le ordenó que diese la fuerza a la máquina... No pudiendo la máquina soportar más de veinticinco libras de vapor, se le dieron treinta y seis, es decir once más. —Mientras caminaba con el ceño fruncido agregó:— La culpa es del capitán y del maquinista, que es su cómplice. ¡Pero, por Dios, hasta dónde puede llevarnos el amor propio!

Demaría lo palmeó diciéndole:

—Así es, amigo mío. Un momento de falta de responsabilidad puede acarrear una verdadera catástrofe. Todo esto es terrible. Pero, como en cada tragedia, siempre nos queda el ejemplo conmovedor de los héroes —después de un breve silencio en señal de respeto, con la voz entrecortada, continuó—: El Dr. Luis Viale murió por entregar su salvavidas a la joven señora Carmen Marcó del Pont.

—Es verdad, querido amigo, debemos rescatar las enseñanzas que nos dejan aun los hechos trágicos. Además del caso Viale me conmovió sobremanera el de la familia Rhol. El señor don Augusto Rhol se hallaba en "El América" con su esposa y tres hijos. Producido el incendio, ordenó a todos que permanecieran dentro del camarote hasta tanto volviese. Luego se dirigió en busca de varios salvavidas y, tan pronto, como los obtuvo, volvió adonde su familia se hallaba. Allí, después de responsabilizar solemnemente a su hijo mayor, de catorce años, le encomendó que obedeciese fielmente sus órdenes y se lanzó al agua. Una vez en la superficie de las olas le ordenó a su hijo que arrojase a la madre. Cumplida esta orden, el señor Rhol recibió a su esposa. Enseguida hizo efectuar la misma operación con sus dos hijas hasta que tocó al muchachito lanzarse al agua. Así permanecieron nadando hasta que fueron recogidos por el vapor "Villa del Salto". Es realmente un ejemplo de serenidad, organización y disciplina familiar.

—Dicen las noticias que en la Bolsa los socios rodearon al señor Rhol haciéndole preguntas y felicitándolo —expresó Silvio conmovido.

1871 se terminaba con crímenes e incendios. En medio de las catástrofes Felicitas Guerrero planeaba, feliz, su segunda boda.

9

CAE LA MÁSCARA

—Te amo. Te amo, Felicitas Guerrero.

Entre sueños la viuda de Álzaga escuchaba las insistentes declaraciones de amor de Enrique Ocampo.

—¡Qué empecinado! —se repetía—. Pronto me casaré con otro hombre. Pero... ¡caramba! Espero que ya no me moleste.

Bostezó. Sus apetecibles formas torneaban la bata de seda blanca. Agitó su abundante cabellera oscura y enfrentó la luz del 29 de enero de 1872.

Se sentó ante el espejo. Quería confesarle su felicidad. Pronto se iba a casar con Samuel Sáenz Valiente. Por fin había llegado el amor, el hombre que Felicitas había elegido.

Martín de Álzaga, bastante mayor que ella, nunca había satisfecho sus necesidades de mujer joven y sensual. Había sido un buen hombre, una especie de papá-amigo que la había convertido en una de las mujeres más ricas de la Gran Aldea.

Tenía casi veintiséis años. Estaba enamorada por primera vez. Había sufrido mucho por la muerte de su hijo Félix y del bebé recién nacido. Las revistas y los periódicos hablaban de su belleza. Pero sólo ella y su espejo sabían del esfuerzo que requería armarse día a día mujer fuerte y segura para administrar sus estancias. Además estaban sus padres. Ella, la hija mayor, con todo el peso de la responsabilidad sobre su espalda... ¡Su espalda!... ¡Ay, cómo le dolía!... Se acarició el hombro izquierdo. Levantó la cabeza. El espejo le devolvió una expresión desconocida. Estaba triste. Tal vez algún mal sueño o quizá el agobio por tanta responsabilidad. El calor, pesado, húmedo...

Cerró sus ojos. El recuerdo de su prometido la abrazó. Desde aquel día en que Samuel extendió su poncho para que ella transitara el pantanoso terreno se sentía caminando como sobre una alfombra. Debajo estaba la realidad, cubierta por la magia. Felicitas se deslizaba por ella como con alas desplegadas al viento.

Parpadeó y se incorporó decidida.

—Hoy será un día muy importante. Tengo que ir a Buenos Aires. Es necesario hacer compras.

La joven estanciera estaba planeando un gran festejo en La Postrera ya que el gobernador de la provincia, don Emilio Castro, y su ministro Malaver iban a ir a la inauguración del puente sobre el río Salado. Hacía días que lo estaban anunciando en los diarios. Se llevaría a cabo el 3 de febrero, fecha del derrocamiento de Rosas. Tenía pensado, entre otras sorpresas, hacer un simulacro de la Revolución del año '39 presentando un escuadrón de caballería con la simbólica camiseta celeste y blanca.

¡Todo un acontecimiento! Debía ser un acto a lo grande, digno de una Guerrero de Álzaga.

—¡Ay, Felicia! ¡Cómo te pesa el "señora de Álzaga"!... —se dijo a sí misma en voz alta—. ¿Y Guerrero?... ¡Mamá y papá están tan orgullosos de mí!

En ese momento alguien golpeó a la puerta.

—Mi niña, ¿ya está despierta?

Era Edelmira, quien seguía mimando y protegiendo a Felicitas como cuando era una niña.

La negra se acercó para besar con ternura los cabellos de su ama ya mujer.

—Edelmira, ¡por favor masájeame la espalda! ¡Me duele mucho! —le pidió.

Como quien va a comenzar un importante ritual Edelmira tomó con cuidado el pote de aceite de almendras que estaba sobre el tocador. Corrió levemente los cortinados para oscurecer la habitación, se lavó las manos para untárselas con el aceite y comenzó a acariciar suavemente la espalda de su ama.

—Por favor, cántame aquella nana que tanto me gustaba en mi infancia —le suplicó mientras recogía sus cabellos.

Edelmira empezó a entonar la vieja canción de cuna:

157

Duérmete mi niña
con un dulce sueño...

Sus negros dedos iban dibujando círculos en la blancura de los hombros de su ama. El amor iba infundiendo la fuerza necesaria para aliviar el malestar. Las manos de la criada, conocedoras de la piel de Felicitas, trabajaban incesantes. Al llegar a la parte superior del omóplato izquierdo se paralizaron. Una oleada roja nubló la vista de Edelmira. Abrió desmesuradamente los ojos y un grito de horror ennegreció la habitación.

—¡Pero, Edelmira! ¿Qué es esto? ¡Por Dios! Díme, ¿qué pasa? —preguntó con inquietud.

—Nada, no es nada, mi niña.

La nana recogió el pote que había rodado por el piso y salió corriendo como si hubiera visto al mismo Satanás.

La muchacha se levantó perpleja. No entendía nada, ni siquiera el por qué de las lágrimas que corrían por su propio rostro.

Al rato, llevada por las obligaciones, Felicitas empezó a vestirse automáticamente. Tenía que cumplir con lo planeado para esa jornada. Hacía mucho calor. El dolor de su espalda persistía.

Salió presurosa de su habitación. El sol húmedo le hacía pesado el andar. Caminó por el parque hasta el carruaje, junto al cual la esperaban Albina y Carlos Francisco. Subieron ayudados por el cochero.

Aquella mañana la viuda de Álzaga apenas hablaba. Su mirada lánguida se perdía por la Calle Larga. Pensaba en los irrefrenables celos de Enrique. La fiel amiga le apretó la mano. Las dos sabían que Ocampo no soportaba sentirse rechazado, su amor propio no podía admitirlo.

Al pasar por Reconquista y Rivadavia vieron el Teatro de Cristóbal Colón adornado para los bailes de Carnaval.

Pasaron todo el día haciendo compras por las tiendas que estaban en el centro, entre las calles de la Piedad y Potosí.

En la esquina de Rivadavia y Esmeralda Carlos le pidió al cochero que se detuviera para comprar los famosos sorbetes del Café Tortoni. Las muchachas prefirieron cassatas y el joven Guerrero una leche merengada. Mientras saboreaban los helados, el joven Guerrero comentaba las últimas notas de *El Mosquito*. Les causaba gracia la caricatura de Dalmacio Vélez Sarsfield que aparecía en el periódico. Este hombre era la máxima capacidad jurídica del país; el Código Civil era su hazaña más notable. Dilecto amigo de Sarmiento, tampoco era modelo de belleza, por lo que daba abundante tema al lápiz de *El Mosquito*. Se caracterizaba por sus ingeniosas réplicas. Él fue quien luego de Caseros, dijo: "¿Qué buscaríamos en el pasado? Este pasado tan vergonzoso y triste no tiene derecho a darnos lecciones...". Después de una batalla célebre, afirmó: "Batalla ganada, general perdido", frase que se convirtió en axiomático aforismo.

—Miren la caricatura —les mostraba el joven a las muchachas. Debajo de la nariz con cara decía: "El doctor del Código Civil"—. Escuchen esto: "Ante el reproche por los gastos que hacía en el tendido de líneas telegráficas, le preguntó al impertinente: 'Y... ¿acaso los telégrafos no son caminos de la palabra?' ".

—¡Cuánta razón tiene! —acotó Felicitas—. ¡Esto es una bendición! ¿Te imaginas? Ahora sí que podremos comunicarnos rápidamente tú y yo cuando tengamos algo urgente.

Carlos empalideció. No sabía el por qué de su angustia. Se quedaron en silencio. Sólo se escuchaba el insistente canto del bicho feo.

Emprendieron el camino de regreso.

Resplandecía de luces la mansión de la señora de Álzaga. El carruaje se detuvo a la entrada, en la esquina de la Calle Larga y Pinzón. El cochero le tendió la mano a Felicitas, ella trastabilló al descender. Se tocaba el tobillo. Le dolía. Estaba muy cansada. Levantó la cabeza y pudo divisar el quiosco donde la esperaban familiares y amigos. También advirtió la sonrisa de su prometido. Eran las ocho y media de la noche. En poco tiempo más comerían.

Al verla llegar Tránsito abandonó el grupo para ir al encuentro de la dueña de casa.

—Mi querida sobrina, ¡qué alegría verte! —le dijo mientras le arreglaba unos bucles que se le habían escapado del sombrero.

De inmediato, con la elegancia y seducción que lo caracterizaban, se acercó Sáenz Valiente.

—¡Mi querida, el ajetreo del día no pudo empañar tu belleza! —se inclinó en señal de reverencia para besar la mano de su novia.

—Discúlpame un instante, Samuel —dijo Felicitas—. Voy a cambiarme y vuelvo enseguida para comer —elevando la voz se dirigió al grupo—: Por favor, espérenme todos en la sala.

La viuda de Álzaga avanzaba hacia la escalinata cuando Albina la detuvo.

—Por favor, mi querida amiga. ¡Ten cuidado!

—¿Qué pasa? —le preguntó la dueña de casa.

—Los sirvientes me avisaron que Ocampo quiere verte.

—¡¿Está aquí?!

—¡Sí! ¡No vayas, te lo suplico! —le rogaba la amiga.

—No temas —le respondió Felicitas—. Tendré que enfrentarlo esta noche para que de una vez por todas deje de molestarme —suspiró indignada. Ya había recogido su falda para subir cuando se dio vuelta para agregar—: Me cambiaré y conversaré unos instantes con Enrique. Supongo que en media hora me voy a reunir con todos para comer tranquila.

Felicitas subió la escalera que la conducía a su habitación.

—¿Dónde estará Edelmira? —se preguntaba—. Esta mañana salió desesperada y no he vuelto a verla.

Abrió la puerta de su cuarto y se quitó el vestido. Se estiraba como una gata. Abrió la ventana respirando hondo.

—¡Ay, Virgencita mía! ¡Qué cansada estoy!

Sostuvo su cabellera oscura con una peineta dejándola suelta sobre sus hombros. Se miraba en el espejo. Empolvó su rostro. Para disimular su cansancio decidió colorear las mejillas con carmín.

—¡Vamos, Felicitas! —se dijo para infundirse valor—. El señor Ocampo tiene que comprender que lo que ocurrió entre nosotros fue sólo un coqueteo de carnaval. Nos habíamos puesto antifaces. Nos sentíamos libres, por eso jugamos a la seducción. Para este carnaval ya no quiero máscaras.

Se dio vuelta y se enredó con el vestido.

—¡Ay, caramba! —se dijo fastidiada—. Se me hace tarde.

Antes de abrir la puerta para salir tomó su abanico. Abajo se oían voces. Caminaba lenta pero segura hacia la salita donde la esperaba Enrique.

Bellísima, envuelta en la blancura de su bata, abrió la puerta.

—Buenas noches, señor Ocampo. ¿A qué debo su visita? —preguntó con ansiedad.

—Te amo, Felicitas Guerrero. Serás mía, de nadie más. —respondió con el rostro enrojecido por la ira.

Su voz sonaba forzosamente cortés. Fumaba con mano temblorosa. Vestía un traje de verano claro y sombrero de paja. Enrique era corpulento, de cabello oscuro y rostro sensual.

—Pero, ¿qué se ha creído usted? Voy a casarme con Samuel Sáenz Valiente porque así lo quiero. Ni usted ni nadie va a impedírmelo. ¿Escuchó bien? ¡Soy dueña de mi vida! ¡Y ahora, retírese de mi casa! ¡No quiero verlo nunca más! —le ordenó.

La furia la hacía lucir más hermosa que nunca. Sus enormes ojos oscuros brillaban con intensidad. Sus manos crispadas iban de su abundante cabellera hasta su bien formado talle. Toda ella tenía un extraño fulgor iluminada por las luces de la salita.

—Doblégate, mi arrogante señora, o no responderé de mí. Te guste o no te guste te casarás conmigo —decía con los ojos desorbitados.

Por primera vez Felicitas veía su verdadero rostro. Su corazón se aceleraba cada vez más. El tiempo se hacía más intenso y vertiginoso.

—Tatita, Enrique no me gusta. Me da miedo, no sé por qué, pero no lo quiero en casa. Por favor, dígale que no venga más —le había rogado a su padre un año atrás.

—¡Pero, caramba! Siempre equivocándote, m'hijita. El señor Ocampo es un caballero. Pertenece a una distinguidísima familia. Nunca dejarás de ser una niña. Vamos, frena tu frondosa imaginación. ¡Todo lo exageras!

En ese instante Felicitas comprobaba que no se había equivocado. La máscara de hombre galante iba desapareciendo para dar lugar al verdadero rostro de Enrique. Tembloroso, con los ojos enrojecidos por la ira, los labios contraídos, húmedos de violencia; era una fiera salvaje próxima a saltar sobre su presa. El terror se apoderó del cuerpo de la mujer. Todo cambiaba. Tocaba el límite.

El espacio se llenaba del bastón blanco con puño de bronce que Ocampo agitaba con su mano izquierda cuando de repente la derecha mostró un revólver. La joven ya no vio nada más. Gimió su horror. Rápidamente giró sobre sus talones. Se enredó en su rica bata de seda blanca. Trastabilló. El tiro ensordeció la sala.

Ella sintió todo el fuego vistiéndola de muerte desde el omóplato izquierdo hasta la médula. Envuelta en sangre caía golpeándose la frente contra una mesita.

Se abrió la puerta. Bernabé y Cristián se precipitaron sobre Ocampo. Enrique permanecía con los ojos desencajados. Estaba sentado, ausente. Hablaba solo. Al verlos disparó dando una bala contra la pared, cerca de la ventana.

Cristián se lanzó sobre él. Luchaban como dos perros furiosos. Forcejearon. Se escucharon dos disparos.

—¡No! ¡No! Mi hermana Felicitas y el señor. ¿Qué pasó? ¡Cristián, dime! ¡Por Dios! ¡No, no puede ser! —eran los gritos y el llanto de Antonio, uno de los hermanos menores. El joven de quince años sacudía a Cristián, quien permanecía de rodillas junto al cadáver de Ocampo. Estaban solos. El joven Demaría levantó los ojos hacia el rostro lleno de lágrimas del muchachito. Con desesperación le dijo:

—Toma, toma el revólver. Hazlo desaparecer. ¡Vamos, Antonio! Rápido antes de que sea tarde. ¡Apúrate! ¿No me escuchaste?

Después de recibir el arma el joven Guerrero se perdió en la oscuridad del pasillo.

Felicitas se incorporaba tambaleando. Rosas de sangre iban marcando su paso por el corredor. Caminaba con la cabeza gacha y el pecho contraído por el dolor. Con una mano se iba tomando de la pared. Después de caminar dos o tres pasos cayó en brazos de su novio, quien había ido a socorrerla.

—¡Me muero! ¡Me muero! ¡No me abandones! —le susurró a Sáenz Valiente antes de desmayarse.

Samuel la llevaba en brazos mientras Albina iba a su lado besándole la mano. Entre llantos la amiga le decía:

—¡Por Dios! ¡Felicitas, no te mueras!

Caminaron hasta el dormitorio. La seda de la ensangrentada bata se arrastraba por la alfombra. Colocaron suavemente a la viuda de Álzaga en su cama.

A los pocos minutos llegaron los doctores Montes de Oca y La Rosa, quienes venían acompañados de los señores Guerrero. Los médicos la examinaron durante más de media hora. El diagnóstico era fatal. La mujer se estaba muriendo.

Mientras tanto, por telégrafo, la noticia del terrible crimen había llegado hasta el campo. En la estancia Laguna Juancho se empezaron a escuchar unos gritos:

—¡La viuda de Álzaga se muere! ¡La patrona fue asesinada! —era Ramón, el peón más joven.

Carlos, quien estaba mateando al rescoldo después de un suculento asado con su gente, se levantó preguntando:

—¿Qué? ¿Qué andás gritando zonceras por ahí?

El joven Guerrero no quería entender lo que estaba escuchando.

—Su hermana, su hermana mayor, patroncito —lloraba el muchacho.

—¡Carajo! ¡No puede ser! Pero, ¿qué esperás? ¡Mi caballo! ¡A Barracas!

Carlos saltó sobre su alazán preferido, clavó las espuelas y persignándose le dijo:

—¡Negro, Felicia se muere! ¡Tenemos que llegar!

Se sopló los cabellos que habían caído sobre la frente y ya no miró para atrás. Hombre y caballo se redujeron a un punto que fue tragado por el horizonte. La peonada de pie, en silencio.

En San Martín de Barracas Albina no se había movido de la habitación de su amiga, quien luchaba deseperadamente para vencer a la muerte.

—¡Vamos, fuerza! ¡Tienes que vivir! —rogaba junto a ella.

A los pies del lecho los médicos murmuraban. Los padres, muy abrazados, lloraban afuera. La señorita Casares empezó a rezar:

—Dios te salve María. Llena eres de gracia... ¡Virgencita mía, dale fuerzas!

En el momento la enferma se incorporó. Los ojos en blanco, la frente sudorosa. Abría la boca buscando con desesperación el aire que faltaba en sus pulmones. Emitió un sonido gutural y angustioso para caer luego pesadamente sobre la cama.

—¡Fuerza! ¡Ten fe, amiga mía! —le suplicaba Albina.

En la oscuridad del campo se escuchó:

—¡Fuerza, Negro! ¿Qué te pasa? ¿Dónde quedaron tus bríos? ¡Vamos! No puedes fallarme justo hoy. Mi hermana me espera —Carlos le gritaba a su caballo, que empezaba a desfallecer.

Llevaban más de seis horas sin detenerse un instante. Atrás quedaban los campos, el río Salado, el canto de los pájaros...

El sol empezó a iluminar tenuemente la negrura que los había envuelto. En la quinta de Barracas la viuda de Álzaga abría los ojos.

—Por favor, Albina —dijo derramando las primeras lágrimas—, que llamen a los doctores Blancas y González Catán. ¡Quiero vivir, Virgen mía! No puedo morir así —gemía la moribunda.

Pocos instantes después perdió el sentido. Tal vez para siempre.

Caballo y jinete cayeron con violencia.

—¡Negro! ¡Nooo! ¡No puedes dejarme así! ¡La puta! ¡Justo ahora!

Carlos se arrodilló junto al moribundo alazán. Con la cara oculta entre sus manos soltaba el doloroso llanto.

Al rato se levantó con dificultad. Retiró con dolor el lomillo con chapas de plata en sus borrenes y faldas dentadas. Dio unos pasos atrás sacando el revólver de su cintura. Con una voz que ni él mismo reconocía, dijo:

—¡Adiós, amigo! ¡Gracias! —el sonido sordo del balazo se unió al último relincho.

El joven permanecía aún de rodillas cuando levantó la

cabeza para saber dónde estaba. Empezó a investigar el terreno.

En Barracas Albina fue en busca de los médicos que la enferma le había pedido. Cuando llegaron Blancas y González Catán se reunieron con Montes de Oca y La Rosa. Los cuatro médicos examinaron nuevamente a la paciente. Después de cambiar opiniones concluyeron que una de las heridas, la del ángulo izquierdo de la frente se había producido al caer; solamente había lesionado los tejidos blandos. La otra estaba en la espalda, en el ángulo superior del omóplato izquierdo, e iba en dirección de la columna vertebral comprometiendo la médula espinal. Se confirmaba el diagnóstico fatal ya que había desgarramiento y rotura de órganos vitales. Todo intento médico resultaría inútil.

Albina lloraba desconsoladamente.

Amanecía cuando Carlos Guerrero caminaba con la cara bañada en lágrimas. Después de unos minutos andando en la semioscuridad divisó un rancho.

—¡Ave María purísima! ¿Quién anda por el pago? —preguntó el paisano.

—¿Dónde estamos? Me he quedado de a pie. Necesito un caballo para llegar a San Martín de Barracas —le pidió con desesperación.

—Venga pa'cá, m'hijo. Estamos en Donselaar —lo invitó a entrar a la casa. Se sentaron a la mesa de madera en pequeñas sillas de mimbre— ¡Aurora, unos mates pa'l forastero!

—No, gracias. Estoy muy apurado. ¡Mi hermana se muere! —contestó el muchacho.

—¡Caray! —dijo el gaucho persignándose. Levantándose muy serio le ofreció—: Llévese el overo. Es fuerte y trota lindo el Petiso.

—¡Gracias, amigazo! —dijo abrazando al paisano.

En la puerta del rancho quedaban despidiéndolo con la mano en alto el hombre y su china.

Carlos sonreía. Clavando las espuelas con decisión y firmeza le ordenó al caballo:

165

—¡Vamos, Petiso! ¡Ahora sí! ¡Vuelven las esperanzas! —fue alejándose de Donselaar con renovadas fuerzas. Un fuerte galope se unía al canto del gallo.

La señorita Casares dormitaba junto al lecho de la enferma cuando escuchó:

—¡Albina, ven aquí! Ya me siento mejor —dijo Felicitas abriendo los ojos.

—¡Gracias a Dios! ¡Vuelven las esperanzas! —exclamaba la muchacha.

—Siéntate aquí, amiga mía —indicaba la enferma—. Cuéntame, ¿cómo está mi familia? Te pido que los tranquilices —hablaba sin parar, atropelladamente—. ¿Y Enrique? Ve a ver si sigue mejor. ¡Ah, casi me olvidaba! No le digan nada a Carlos. Me quiere tanto que si se enterara sería capaz de dejar Laguna Juancho para venirse para acá. ¿Samuel? ¿Estuviste todo el tiempo parado a los pies de mi cama? ¡Qué barbaridad! Ve a descansar —indicaba sin darse cuenta de que Sáenz Valiente se había ido la noche anterior después de dejarla en su habitación.

Ya cerca de Barracas Carlos ordenaba al overo:

—¡Vamos! ¡Más rápido, Petiso! ¡Tenemos que llegar! —seguía castigando con fuerza al caballo—. Ya te voy a dar agua. Ahora no puedo detenerme.

Con el rostro descompuesto y la voz entrecortada Felicitas llamaba a su amiga:

—Albina... ¡Ven! —le tomaba las manos con desesperación. Quiso continuar hablando pero se ahogó. Empezaba a buscar inútilmente el aire. Abrió con desmesura la boca.

Albina comenzaba a gritar:

—¡Don Bernabé! ¡Un cura! ¡Rápido! ¡Felicia necesita auxilio espiritual!

Cuando volvió a la habitación su amiga ya había muerto. Era la mañana del 30 de enero de 1872.

Un ruido pesado produjeron hombre y caballo al caer.

—¡Estás muerto, Petiso! Me diste la vida para poder llegar. —Carlos miró a su alrededor levantando la cabeza.— ¡Estoy en Barracas!

Al intentar incorporarse unos gritos lo paralizaron.

—La niña Felicitas murió. ¡Murió! —eran los criados quienes salían de la mansión de la viuda de Álzaga con los brazos en alto. Corriendo y saltando eran un renovado cuadro de la Danza de la Muerte.

El hombre se desplomó sobre el caballo abrazándose a él.

—¡No! ¡Carajo, noooo!

El 4 de febrero la gente leía en *La Nación* el artículo de Aben Xoar:

... Brilló la primera aurora de febrero y pareció calmarse el mar de las pasiones.

Por otra parte el Carnaval nos promete ratos de verdadera felicidad. Debemos embriagarnos de gozo para olvidar nuestras penas, nuestros quebrantos.

Inspirémonos en la filosofía de Demócrito y declaremos guerra abierta a Heráclito.

Reír: He aquí nuestro programa.

El 10 de febrero el mismo periódico comunicaba:

En todos los teatros de la Gran Aldea comienzan esta noche los bailes de máscaras carnavalescos. Incluso en el teatro Colón, especialmente arreglado con ese fin. Ya el jueves anterior ha habido ruido por las calles, pues cuatro comparsas, con su música a la cabeza, repartieron serenatas a granel en diversas arterias y en la calle del Parque...

En los teatros, las puertas se abrirán mañana, el lunes 12 y el martes 13, a las 11 de la noche, y se cerrarán a las 4 de la madrugada. Los "tranways" estarán en funcionamiento toda la noche. En los teatros, los palcos costarán alrededor de 200 pesos y la entrada general 100. En el Teatro de la Alegría los precios serán más módicos para los bailes de máscaras: 60 pesos los palcos y 25 la entrada para hombres. Las damas entrarán gratis. ¿No habrá algún disfrazado que se haga pasar por mujer?...

El corso se realizará desde la plaza Lorea por la calle de la Victoria hasta Perú, y desde ésta en su prolongación por Florida hasta la Plaza del Retiro. La policía advierte que los carruajes deberán seguir un orden establecido y no podrán sobrepasarse unos a otros, ni marchar a una velocidad mayor que el paso de los caballos.

En esos carnavales la Policía publicaba un Edicto que prohibía "llevar armas como accesorios del disfraz, aunque éste lo requiriese".

10

AÚN

Buenos Aires lloraba la muerte de Felicitas Guerrero. Los cronistas, que la habían llamado "la joya de los salones porteños", escribían acerca del drama pasional.

Pasaron los meses. El 25 de octubre de 1872 el diario *La Nación* anunciaba la construcción de una capilla. La familia Guerrero había contratado al Dr. Ernesto Bunge para que se encargara de los planos y de todos los trabajos arquitectónicos de la obra. Los materiales y objetos necesarios habían sido encargados a Europa. El periódico agregaba que el costo total había sido calculado en dos millones de pesos. La iglesia se construiría sobre una extensión de treinta y tres varas de largo por ocho de ancho con un crucero de veinte varas en la quinta de Barracas. El dolor se erigía en forma de capilla. Los padres de la muchacha asesinada quisieron que el escenario del crimen fuera lugar de recogimiento y elevación espiritual.

En memoria de la viuda de Álzaga la iglesia llevaría el nombre Santa Felicitas en honor a dos mártires. Una de ellas había vivido en los primeros tiempos de la cristiandad. Según San Gregorio, antes de ser sacrificada esta mujer fue obligada a presenciar el asesinato de sus siete hijos. La otra santa había vivido en los tiempos de Valeriano. En el año 256, embarazada de ocho meses, había sido entregada en el anfiteatro a la voracidad de los leopardos. El sufrimiento de mujeres y madres las unía a Felicitas Guerrero.

El recuerdo de la muchacha permanecía en el corazón de todos los que la habían amado. Albina visitaba con frecuencia a la familia Guerrrero en Barracas. La señorita Casares llora-

169

ba al caminar por el parque de la quinta. Su mirada se perdía por el paisaje de la Calle Larga. Le resultaba extraño advertir que la misma gente caminaba por la calle con el ritmo habitual. La vida continuaba sin Felicitas. No lo podía entender. ¿Dónde estaba su amiga? Le parecía que toda la energía de esa deliciosa mujer no podía desaparecer. Proyectos, alegría, empuje vital... todo eso... ¿dónde estaba?

Un día se encaminó hacia la casa para entrar al que había sido dormitorio de su amiga. Seguía llorando. La extrañaba. Su risa, su voz que se hacía canto. Toda ella era música. Cuántas veces recordaba cuando le decía:

—¡Vamos, Albina! La vida es linda aun en sus días grises. ¡Hay que vivir sus diferentes tonos! Vale la pena sentir los acordes agudos y graves con toda su intensidad porque forman parte de esta partitura especial y maravillosa que somos cada uno de nosotros.

Ahora la señorita Casares le hubiera contestado:

—Me enseñaste a escuchar la música de la vida... pero, ¿qué se hace ahora con este silencio?

Albina se sobresaltó al sentir que alguien la tomaba del brazo. Se dio vuelta y se encontró con Edelmira. En la casa estaban alarmados porque no sabían nada de ella.

—¿Dónde te habías metido, mujer? —le preguntó mientras la abrazaba con fuerza.

La nana de su amiga no hablaba. Estaba extraviada, ausente. Salieron en silencio. La muchacha la observaba caminar sin rumbo por el parque, sucia, despeinada. Estaba demacrada. Daba vueltas en círculo, mascullaba algo por lo bajo. La joven la seguía con la mirada. No podía entender la extraña actitud de la negra. Se acercó. Empezó a caminar muy cerca de ella para tratar de entender lo que decía. Le era imposible descifrarlo. Tal vez los sonidos pertenecieran a alguna lengua desconocida. Quizás fuera una de las tantas africanas, pensó Albina.

Edelmira se sentó debajo de un árbol. La muchacha se puso a su lado, le hablaba pero nada, la negra parecía no advertir su presencia. Debió taparse la boca para contener su grito cuando escuchó:

—Mi niña, todo estará bien. Pronto sus padres le van a hacer una capilla. Rezarán por usted. Tendrá un lugar para estar, no como estos meses que se pasea de blanco y descalza por su parque.

Era indudable, la nana de Felicitas había enloquecido.

La señorita Casares tomó el brazo de Edelmira para hacerla entrar a la casa pero no pudo. La negra quería quedarse con su ama. Todo fue inútil.

Albina se retiró en su carruaje con lágrimas en los ojos. Empezaba a llover. La criada permanecía sentada en una murmuración que parecía un rezo; no sentía el agua en su cuerpo.

Otra vez el carnaval. Los personajes de actuación pública tampoco se salvaban de las bromas. En aquella época el grupo "Tipos políticos" recorría los corsos caricaturizando a Sarmiento, Mitre, Urquiza y Vélez Sarsfield. En el año 73, siendo Sarmiento presidente de la República, el centro "Habitantes de la Luna" le regaló una medalla burlesca con su efigie con el título de "Emperador de las máscaras". Siguiendo la broma el cuyano aceptó la condecoración muy contento.

El dolor por la muerte de Felicitas también sacudía a la familia Demaría. Don Bernabé la había querido como a una hija. Habían compartido el gusto por la pintura y la literatura. Este gran hombre había sido su mejor consejero en distintos asuntos, tanto legales como del corazón.

En esos años Demaría publicaba poesía en el *Parnaso Argentino,* bajo el seudónimo de Ema Berdier.

Una amiga suya, la señora Juana Manuela Gorriti, estaba escribiendo la historia de Felicitas. Una tarde le leyó el cuarto y último capítulo de su folletín:

Al siguiente día Enrique y Feliza, el matador y la víctima, dormían juntos el sueño eterno bajo la misma tierra, ese lecho nupcial que el desventurado Ocampo diera a su fatal amor.

Así bajó a la tumba tan inocente y digna criatura. El oro, la belleza, los halagos del mundo que tributaba culto a su piedad y homenajes a su hermosura, fueron débil valla opuesta a los designios de la Providencia.

Bella, rica y amada, necesitaba caer pura, envuelta en los cendales luminosos de su castidad coronando su vida por el martirio, para decir después de su muerte "¡fue también santa!".

La morada de Feliza, antes alegre y visitada, quedó desierta y silenciosa. Los huéspedes que la frecuentaban y pasaban en ella tan dulces horas, abandonáronla huyendo de los recuerdos que despertaba.

La yerba crece en los senderos de su parque, donde no se escucha otro rumor sino el arrullo de las tórtolas y el gemido del viento entre los cipreses.

¡Ay de los muertos! Los vivos alejan con temerosa repugnancia cuanto de ellos queda; y cuando han echado sobre su cuerpo la tierra del sepulcro, apresúranse a echar sobre su memoria la tierra del olvido.

Fin de Feliza"

La autora y Bernabé se quedaron unos minutos en silencio. Luego Demaría se acercó a su amiga para decirle:

—Gracias por regalarme la primicia de este escrito. Ser la primera persona que lo escucha es un verdadero honor para mí. Sobre todo, siendo algo hecho con tanto cariño hacia mi querida Felicitas.

Tránsito no dejaba de llorar la ausencia de su sobrina preferida, a quien había querido también como hermana menor y entrañable amiga.

Cada vez que se nombraba a la viuda de Álzaga en la casa de los Demaría, Cristián se retiraba a su habitación. La lloraba tal como la había amado, en silencio. Se refugió en el estudio. El joven, quien ya tenía veintidós años, estaba terminando la carrera de contador. Poseía una brillante inteligencia. Al año siguiente se recibió con las mejores notas y ya empezaba su carrera de Derecho. Era el orgullo de la familia. Solamente les preocupaba su carácter introvertido, que se había acentuado desde la muerte de Felicitas. Pasaba gran parte del día concentrado en sus estudios y en las reuniones familiares permanecía en el más profundo mutismo. La joven asesinada aparecía en sus sueños. Allí se sentía feliz conversando con ella en el quiosco de Barracas o caminando por La Postrera. Al despertar volvía la tristeza de darse cuenta de que ésa no era su realidad.

Al ir madurando, el joven Demaría estaba aun más atractivo. Las muchachas lo miraban con interés pero él, tímido y cabizbajo, parecía no advertirlo.

Pasaba el tiempo y don Carlos José y su esposa no se resignaban a la dolorosa pérdida de su hija. Por otra parte, la construcción de la capilla se demoraba más de lo imaginado.

En el campo, los hermanos de Felicitas siguieron trabajando con más fuerza que nunca. Eran queridos por la peonada. Sabían respetar y querer a su gente.

—Escuchen la carta de José Hernández a la octava edición del *Martín Fierro* —decía Manuel a Antonio y a José:

...Para mí, la cuestión de mejorar la condición social de nuestros gauchos no es sólo una cuestión de detalles de buena administración, sino que penetra algo más profundamente en la organización definitiva y en los destinos futuros de la sociedad...

Barragán, el capataz de La Postrera, siempre llevaba un ejemplar de la primera parte del *Martín Fierro*. Lo había comprado en La Azotea Grande, allá en el trágico año del asesinato de la señora de Álzaga, año de publicación de la obra. Los ejemplares del libro de Hernández se vendían en el almacén de ramos generales con la carne o los fideos. Por las noches, junto al fogón, el hombre leía a la peonada analfabeta. Los gauchos escuchaban la narración de las tareas que realizaban durante la jornada. Fierro era cada uno de ellos, aquella gente que vivía la poesía de la tierra. "Tendiendo al campo la vista. No vía sino hacienda y cielo."

Una tarde, mientras Catalina caminaba por el parque de la quinta de Barracas, escuchó a Edelmira:

—Niña, todos la queremos. Su familia trabaja los campos y ya le están haciendo una capilla. ¡Quédese tranquila! ¡Ah, ya me olvidaba! Me contaron que Don Samuel se casoreó hace unos días con la seorita Dolore' Urquiza. Ya ve, no podía estar solo el hombre. En cambio, el niño Cristián la quiere cada día más. ¡Pucha! ¡Él sí la quería!

173

Al oír a la criada la muchacha salió corriendo. No dejaba de persignarse. Llamó a Antonia y a María. Las tres hermanas fueron a rezarle a Felicitas en la capilla familiar que estaba en la parte posterior de la quinta de Barracas.

—¿Pero, qué pasa hermanita? —le preguntó María intrigada.

Después de arrodillarse frente a la imagen de Santa María para despedirse, Catalina las invitó a salir en silencio. Una vez afuera les dijo:

—Ocurre que la negra se la pasa hablando con el fantasma de Felicitas —al confesárselo temblaba.

—¡Está loca, pobre mujer! No pudo soportar la ausencia de su ama —se lamentaba Antonia.

Toda la familia quería mucho a la criada, a nadie se le ocurriría sacarla de la casa. La cuidaban con ternura tal como ella había atendido a su adorada niña.

El recuerdo de la joven viuda de Álzaga permanecía en el corazón de todos. Para Cristián ahora se había convertido en inspiradora de su tesis doctoral en jurisprudencia. Soñaba con aquella muchacha inquieta e inteligente, que había muerto víctima de la posesión obsesiva de un hombre, una joven que no había podido administrar sus campos como ella hubiera querido porque en su tiempo sólo el padre, el marido o el hermano tenían poder de decisión.

El joven Demaría se pasaba las noches en vela investigando y escribiendo con verdadera pasión. Sentía que aquél era el mejor modo de rendirle homenaje a su amada, a quien consideraba víctima de un sistema patriarcal.

Aquella noche de 1875 comenzaba a redactar la introducción:

Sr. Rector,
Sres. Catedráticos:
Me propongo estudiar la condición en que nuestras leyes civiles colocan á la mujer, es decir, los derechos que la imponen; y demostrar por su exámen que, encerrando su círculo de acción entre los estrechos límites, impiden el libre ejercicio de sus facultades, atentan á su libertad, que no está en el poder humano menoscabar, sin faltar á los principios absolutos é inmutables de justicia, y son una rémora para su perfecciona-

miento, lo que redunda en perjuicio de la humanidad entera, pues la aniquilación o el mutilamiento de una de las partes componentes, importa siempre una perturbación en el orden armónico del todo.

Cristián no pudo seguir escribiendo; lloraba por la absurda muerte de Felicitas.

Al día siguiente tuvo un encuentro con su padrino de tesis, el Dr. don Mariano Demaría, su tío. Hacía tiempo que estaban discutiendo el tema de la mujer, que tanto preocupaba al futuro abogado.

El Dr. Demaría se sentó cómodamente en su sofá para escuchar con atención parte de la introducción del trabajo. El joven se emocionaba al leer:

... *La mujer, juzgada unas veces con el más despreciativo desdén y otras con la más exagerada admiración, ha sido considerada por unos, como dotada de cualidades superiores al hombre, y por otros, como un ser de limitada inteligencia, incapaz de concebir un pensamiento serio y por lo tanto indigno de llenar un notable destino...*

Pero, y es digno de notarse, si apartamos por un instante nuestras miradas de la Europa civilizada, vemos esos sistemas convertidos en instituciones en diversas zonas del globo. Los viajeros modernos nos dicen que en unas partes impera la más sensual poliandria y en otros la promiscuidad más brutal. Sin remontarnos a los fastuosos tiempos de la Persia, cuando Artajerjes Mnemon consultaba a su madre sobre la conveniencia de casarse con su propia hija, y cuando, al decir de Plutarco, era permitido a las hijas desposarse con sus padres y a las nietas llegar al tálamo de sus abuelos, con el objeto de que se multiplicase agradablemente la nación arménica; ni a las austeras épocas de la guerrera Esparta, en donde según Plibio, tres o cuatro hermanos tenían una sola mujer, en nuestros días se ve, en muchas partes del centro del África y del Sud del Asia, que las mujeres tienen serrallos de hombres, siendo ellas las que rigen la familia y el estado; entre los Tártaros Mongoles se las ve, por el contrario, reducidas a la más dura esclavitud, y los maridos, apenas se declaran encinta, tienen derecho para arrojarlas, como impuras, de sus

*casas; en muchas tribus de la Oceanía hallamos instituida la
prostitución y en otros puntos se exije de las casadas una rigurosa fidelidad, mientras que se envilece a las solteras; en el
Sud del Asia y en muchas islas del mar de Indias encontramos
la comunidad de mujeres, en unas perteneciendo a la tribu
entera y en otras a la familia en común.*

*Esto basta para demostrar que no hay teoría, por irreali-
zable que parezca, que no haya existido en los anales tan gran-
diosos como tristes de la historia humana.*

Admiraba el tío a su sobrino por lo esmerado y estudioso,
pero dudaba de que el tema fuera del agrado del jurado. No
había dudas de que se había documentado más de lo suficien-
te para refutar cualquier objeción que le hicieran los profeso-
res. En fin, por sobre todas las cosas Mariano seguiría apoyando al inteligente y querido Cristián.

El día de la disertación el joven Demaría se dirigió a la
Facultad de Derecho acompañado por su tutor de tesis y su
padre. Estos últimos pasaron y se sentaron entre la audien-
cia en el Aula Magna. El examinado prefirió quedarse unos
minutos a solas. Estaba muy nervioso. Desde la puerta miró
hacia la sala que estaba llena. Pudo divisar al Dr. Romero y
a los miembros integrantes de la mesa examinadora, cuyo
presidente era el Rector de la Universidad, Dr. don Vicente F.
López.

Cristián cerró sus ojos por un instante para pensar en su
amada: "Mi querida Felicitas, tu sacrificio no ha sido en
vano." Respiró hondo y con la cabeza en alto avanzaba al
estrado. Con emoción comenzó su examen:

—Dedico este trabajo al Señor Doctor Don Juan J. Romero. En testimonio del reconocimiento por los servicios y atenciones que como amigo le adeudo. En señal de gratitud por los
conocimientos que, bajo su dirección, he adquirido en su estudio.

"Se ve pues que la condición de la mujer está íntimamente ligada con la organización de los pueblos y que, por decirlo
así, en el seno de la mujer es donde reposan las costumbres y
las virtudes de las naciones, o en otros términos, la libertad y

la civilización del género humano. Tal es, señores, la trascendental importacia de la cuestión que me propongo tratar.

El Dr. Vicente F. López se removió en su silla mientras que el Dr. Amancio Alcorta parecía aprobar la exposición del examinado con un movimiento de cabeza.

—Siendo, pues, común su naturaleza y estando provistos de los mismos medios de existencia, despojar a la mujer de su igualdad sería violar la voluntad de Dios, degradando su obra.

Pedro Goyena, vocal de la mesa examinadora, escuchaba con mucha atención.

—Todos los días acontece un hecho a primera vista inexplicable. Si un amigo defrauda la confianza que en él se puso, si una persona a quien se colmó de beneficios nos paga con la más negra ingratitud, si un padre es traicionado por su hijo, todos nos asociamos en el sentimiento de su desgracia: sólo reservamos nuestras burlas y risas para el caso de un marido engañado por su esposa. A esta desgracia se la llama un deshonor, y por una opinión insensata, la falta del culpable viene a constituir la vergüenza del inocente, siendo tal la fuerza del ridículo que, para que desaparezca, es necesario que el marido mate o muera.

”¿De dónde proviene esta injusta contradicción? El marido ha exigido plenos poderes de la ley; se ha privado a la mujer de todos los atributos con que Dios quiso dotarla, para establecer una odiosa servidumbre; el marido puede llenar de rejas sus ventanas y de cerrojos sus puertas, convirtiéndose en el Don Bartolo de Beaumarchais, pero he aquí que aparece la comedia y su ridículo. Cuanto más llaves lleva el cinto, cuanto mayores han sido los derechos de que se le ha investido, tanto más es aplaudida la evasión. Se ridiculiza al marido como al carcelero y se le inspira el mismo interés que excita a la víctima a quien se aprisiona y oprime.

”Si queremos hacer desaparecer el carácter cómico del personaje; si queremos que caiga la mujer culpable en el desprecio público, que se merece, y colocar al marido en su puesto de hombre de bien, engañado; si queremos que desaparezca de las costumbres esa preocupación que pone nuestro honor en otra persona distinta de la nuestra, demos a la esposa independencia, y esta iniquidad desaparecerá en seguida.

Demos, sí, independencia a la mujer, para darle así la responsabilidad de sus faltas: redúzcase la omnipotencia del marido a sus verdaderos límites, si queremos purificar al matrimonio y elevarlo a su verdadera altura. Sólo así estableceremos para ambos los legítimos principios de libertad, es decir, el reinado de la justicia.

El Dr. José M. Estrada apoyaba la frente sobre su mano. Cristián empezaba con la conclusión de su trabajo.

—Hemos recorrido a grandes rasgos el anchuroso campo de las leyes que legislan sobre la condición de la mujer. De su estudio, creemos haber hecho resaltar de una manera evidente, no por nuestra habilidad, sino con la fuerza de irrefutables verdades, las injusticias de la ley. Hemos atacado la autoridad del marido en lo que ella tiene de arbitrario y excesivo, pidiendo su justa restricción. Hemos establecido en sus verdaderos términos el principio de unidad, combatiendo la eliminación y absorción que de la esposa se hace y pidiendo su representación en la formación de esa unidad...

Cuando hubo concluido el jurado se empezó a mirar. No salían de su asombro. No sin dudas comenzaban a aplaudir. Cristián bajó la cabeza para agradecer a Felicitas en el interior de su corazón.

1879 fue un año de decisiva importancia para el progreso argentino. Pocos meses atrás se habían decretado por ley territorios nacionales los desiertos conquistados por las expediciones del Dr. Alsina y del general Roca. Se abrían vastos campos al cultivo y a la ganadería cuando se aseguraron para la civilización más de veinte mil leguas. Se afirmaba simultáneamente nuestra soberanía sobre todos los territorios del sur. Se inició para la actividad agropecuaria argentina un período de expansión. Como consecuencia de la eliminación de la amenaza indígena se sumaban enormes extensiones de tierra virgen para el proceso productivo.

En Barracas las campanas empezaron a repicar el 30 de enero de 1879. Se abría, después de siete años, la capilla de Santa Felicitas. Todo Buenos Aires iba a participar a las once de la mañana de la misa con que se inauguraba la iglesia que la familia Guerrero había hecho construir.

Al entrar, a la izquierda, estaba la estatua de mármol de Carrara que representaba a Felicitas con su hijo Félix. A la derecha, la de Martín de Álzaga. Ella, con un rico vestido de plumetí en actitud maternalmente amorosa. El niño, de pie junto a la falda; las manos de la madre a punto de acariciarlo, cuidándolo eternamente. Él parece estar mirándolos con el cuerpo girado hacia ellos. Se lo ve fuerte, serio, por siempre protector.

Cuatro o cinco arañas de finísimo cristal iluminaban los vitrales traídos de Francia. El órgano alemán se hacía oír en la música de Bach.

Albina estaba arrodillada junto a su padre y su tío Carlos Casares. Al girar la cabeza hacia la izquierda vio a su sobrina llorar desconsolada por la muerte de su gran amiga. Le tomó la mano y juntos empezaron a rezar un Padrenuestro.

Antonia, María y Tránsito rezaban en silencio. Catalina no estaba allí. Pocos meses atrás se había casado en Londres, en la iglesia de Saint James, con Guillermo Martínez Ituño.

A la derecha, en los primeros asientos, permanecían arrodillados Doña Felicitas Cueto de Guerrero y su esposo, Carlos José. Se los veía avejentados, tristes, muy juntos en el dolor. Bernabé Demaría y Pablo Cárdenas estaban en la misma fila. Cristián, de pie, pálido, con los ojos elevados hacia los doce Apóstoles.

Junto a la estatua de Felicitas se veía a Edelmira en un susurro intermitente, tal vez conversación, tal vez rezo. Valeria y Silvio habían querido que la vieja criada entrara, pero todo había sido inútil; nadie había podido sacarla de al lado de su ama. Estaba vieja, muy gorda, las piernas sumamente hinchadas. El amor por su niña era el mismo: inmenso, incondicional. Su rostro lucía esa belleza especial que solamente los seres de alma pura pueden ganar con el paso del tiempo.

Carlos Francisco no estaba allí. El homenaje que le rendía a su hermana era el del trabajo duro en el campo. Estaba casado desde 1876 con María Ignacia Rodríguez Gaete. Era padre de un varón de poco más de un año llamado también Carlos. Para abril su mujer sería madre por segunda vez.

Ese día había dejado a María Ignacia y a su hijo con los peones y caseros de La Postrera porque tenía que ir a buscar la tropilla al puesto de Domselaar. Imposible que los animales anduvieran desde Buenos Aires hacia la estancia, era mejor dejarlos descansar por lo menos una jornada. Siempre recordaba la trágica madrugada en que su alazán no había soportado andar tanto. La muerte de su hermana volvía una y otra vez a su mente.

Como no podía ir a Barracas decidió rezar por Felicitas en el campo. Ató su apero al palenque y se encaminó hacia la pequeña iglesia de Santa Clara. Aquella mañana estaba vacía. Se persignó al entrar. Se sentía desolado. Mientras rezaba empezó a llorar silenciosamente hasta culminar en un grito. Las paredes de la capilla románica guardaron para siempre su reclamo a Dios pidiéndole explicaciones. Nunca supo con certeza cuánto tiempo estuvo en la iglesia. Entre la angustia hecha rezo y la aceptación cristiana el momento había quebrado la noción de tiempo.

Ya más desahogado salió del templo. Caminaba lentamente, con la cabeza erguida. Milagrosamente sus fuerzas parecían renovarse. Subió a su caballo para continuar con la tropilla hacia las tierras del Salado. Mientras viajaba comenzó a pensar en su trabajo. Si seguía de ese modo iba a haber excedente en la producción agropecuaria. Se podría exportar. "¡Si Felicitas hubiera visto todo esto!", Carlos sonreía.

El campo seguía creciendo. Era la hora del florecimiento de la agricultura y la ganadería argentinas. Era un país con un gobierno que confiaba en la tierra. El joven Guerrero iba madurando la idea de fundar una institución en defensa de los intereses de los productores agropecuarios.

La gente leía a José Hernández, quien expresaba que la República Argentina, y especialmente la provincia de Buenos Aires, debía fijar su atención sobre su más productiva riqueza: la ganadería.

Aconsejaba perfeccionar todos sus productos puesto que eran la fuente principal de la futura prosperidad del país. Decía con entusiasmo que como productores tenían asignado un rol importante en el gran concurso de la industria mundial.

A través de Felicitas Guerrero su padre y sus hermanos empezaron a conocer y a amar el campo. Dentro de un marco propicio para la actividad agropecuaria del país Carlos José, el fundador de la estirpe, envió a sus hijos a Escocia con la misión de comprar los primeros Aberdeen Angus. Desde 1523 existía este ganado sin cuernos en los condados de Aberdeen y Forfarshire, antiguamente llamado Angus, en Escocia. William M. Combie, de Tillyfour, quien fundó un plantel de mochos en 1830 en Angus, elevó la raza tras los éxitos obtenidos en la Exposición Internacional de París. En los Estados Unidos el escocés Georges Grant compró los primeros cuatro toros de esta raza para su establecimiento en Kansas, iniciando de este modo la introducción de los Aberdeen Angus en su país. En la Argentina, la familia de la joven estanciera asesinada estaba a punto de introducir la mejor carne vacuna. La energía vital de "la mujer más hermosa de la República", según el decir de Guido Spano, se renovaba en los proyectos de los de su sangre.

Fue así que se prepararon para partir a Europa Carlos Francisco, Manuel Justo y José Manuel. Después de casi dos meses y medio arribaron al país europeo felices. Desembarcaron en Londres. Sin perder tiempo se encaminaron hacia la casa de Catalina. Atravesaron la neblina de las calles hasta fundirse en fraternal abrazo. En la comida rieron por el caluroso reencuentro y recordaron con honda tristeza a la hermana muerta.

Para el desayuno la hermana recién casada los sorprendió con la muy oportuna cuajada a la Balmoral.

—Recuerdo cuando Felicitas preparó este postre en la estancia. ¡Qué felices todos juntos empezando a trabajar el campo! —Carlos bajaba la cabeza para que no vieran sus lágrimas.

—Bueno, hermanos. A ella le hubiera gustado vernos entusiasmados por empezar con una nueva raza ganadera en las queridas tierras del Salado. Sus sueños se empiezan a hacer realidad —Catalina levantando una copa con cuajada les dijo—: ¡Brindemos con este manjar lácteo!

Más tarde Guillermo y su mujer los despidieron con un fuerte abrazo. Los hermanos Guerrero subieron al tren que los iba a llevar hacia Edimburgo. Los ojos se deleitaban con el paisaje que se les brindaba desde la ventanilla. Al llegar almorzaron y no dejaron de saborear el tradicional whisky.

Por fin llegaron muy alegres. La plaza estaba repleta de

gente. Sombreros de elegantes hacendados provenientes de diferentes lugares se movían inquietos. El remate estaba por empezar. La ansiedad alteraba los ánimos. Comenzaron a desfilar los animales. Después de observar, preguntar y deliberar los hermanos Guerrero se abrazaron al comprar el toro Virtuoso N° 1626, la vaquillona Aunt Lee N° 4697 y Cinderella N° 4698.

A la noche el mayor dijo:

—Hermanos, me es imposible seguir aquí. El campo y mi familia me necesitan. Es tiempo de siembra. María Ignacia está por dar a luz. Quiero estar para empezar con el maíz y para recibir a mi segundo hijo.

Carlos volvió a su tierra.

En Buenos Aires la familia Guerrero crecía. La mano de Antonia hacía poco tiempo que la habían cedido a Nicanor Albarellos Lavalleja y María se estaba enamorando de Remigio Molina.

Después de la muerte de Felicitas la vida de Albina Casares se opacaba. El hombre nunca llegó. La compañía de su padre le brindaba la ternura necesaria. Los comentarios de las noticias periodísticas al desayuno y la lectura de poesía o novela francesa saboreando un café por las noches eran un deleite. De vez en cuando padre e hija salían con amigos al teatro. A veces, al de 'La Victoria' para ver zarzuela; otras, al Colón para disfrutar alguna ópera.

Por otra parte, desde la muerte de la viuda de Álzaga Albina se había convertido en la confidente de Cristián. Tenían en común un alma exquisita de fina sensibilidad. Ella guardaba ilusiones de amor. En una oportunidad que llevaban un tiempo sin verse, movida por su angustia, Albina se animó a escribirle.

Querido Cristián:
Añoro nuestras pláticas....

Se detenía avergonzada. Después de algunas tachaduras continuó:

...Me gustaría poder seguir dialogando sobre los misterios del corazón... Tal vez, estés muy ocupado... Bueno... disculpa...

He recibido las últimas novedades literarias desde París.
Necesito tu consejo....

No pudo seguir escribiendo. La criada le avisó que Tránsito la esperaba en la sala, quien una vez más había discutido con el marido. Albina la invitó a pasar al comedor para tomar el té.

—Anoche estuvimos en la casa de los Castex. Una velada espléndida hasta que empezamos a discutir con Bernabé —comió, una tras otra dos tostadas con mucha miel. Luego tomó un buen sorbo de té para proseguir casi a los gritos—: La cuestión fue que... bueno, tú ya sabes, volvimos a casa como de costumbre, cada uno por su lado. Y hoy, m'hijita, he hecho mutis por el foro. —Poniendo los ojos en blanco expresó:— ¡Ay! ¡El matrimonio!...

La señora Demaría hablaba y hablaba. Albina sólo oía el murmullo que empezaba a provocarle jaquecas, hasta que escuchó:

—Hablando de matrimonios, ¿a que no sabes quién se casa en octubre? —hizo una pausa para limpiarse la boca con la servilleta—: Cristián, mi querida. Amor a primera vista con Eufemia, hija de los escoceses Guillermo Schedden e Isabel Rodger. ¿Qué me cuentas?

La taza de porcelana inglesa de Albina se hizo mil pedazos al caer sobre la alfombra. El té manchó el vestido blanco de la visita.

—¡Ay, qué horror, m'hija! Pero, ¿qué te ocurre? Mira cómo ha quedado mi traje nuevo.

Sin explicaciones las dos prefirieron despedirse. Se dieron un beso en cada mejilla como si no hubiera pasado nada. Tránsito se fue. Albina empezaba a quemar la carta que nunca recibiría Cristián.

EPÍLOGO

Edelmira seguía viendo al fantasma de su niña. Un mediodía entró a la capilla. Se había pasado la noche en vela; estaba más inquieta que de costumbre.

Albina estaba orando por el alma de su amiga. Al terminar el rosario empezó a observarla. La extraña actitud de la nana era preocupante. La señorita Casares se persignó. Ya de rodillas comenzó el rosario. Era un alivio la soledad de la iglesia. Sólo ella y Edelmira. Albina se secó las lágrimas con el pañuelito con puntillas valencianas.

Más tranquila empezó a buscar a la criada con su mirada. No la encontraba. Al darse vuelta para salir de la capilla quedó espantada. La nana de Felicitas caminaba cada vez más rápido. Se movía frenética desde la puerta de entrada al altar mayor y de allí a la salida... Repetía este camino una y otra vez... Altar mayor, entrada, altar mayor....

Después de un rato se detuvo frente a los vitrales franceses. Levantaba exageradamente los brazos como queriendo alcanzar los rayos de luz que entraban por allí. Permaneció murmurando con las manos en alto en una actitud suplicante.

Abruptamente salió. El día estaba nublado. Movía su pesado cuerpo en una danza rodeando el templo. De repente, se paró con un grito que fue cántico. La mirada hacia arriba, donde estaban los cuatro ángeles. Emitía extraños sonidos guturales. Albina no pudo descifrarlos. La muchacha con preocupado asombro la seguía.

Ronca ya de tanto alarido, se paraba frente a los dos escalones de la entrada. Cayó de rodillas con los brazos en cruz. Extrañamente las campanas empezaron a repicar.

—¡Mi niña, por favor no se vaya sin abrazarme! ¿A dónde va?

Como poseída salió hacia el parque. Seguía llamándola por entre los árboles hasta que se dirigió a la Calle Larga.

Edelmira corría por el empedrado con dificultad. Era, como todo mediodía, muy transitado. Los muchachos se daban vuelta curiosos al verla en medio de los carruajes. Los matrimonios que paseaban el ocioso domingo advertían a la imprudente mujer. Pero la nana no dejaba de cuidar a Felicitas.

—¡No vuele tan a prisa! ¡Quiero saludarla! ¡Tenga cuidado!

Iba con los brazos en alto provocando un ruidoso tumulto en la concurrida calle. Los carruajes trataban de esquivarla. Ella no dejaba de caminar imprudente. Las campanas insistían. El gris del cielo dio paso al sol.

Albina, que se había quedado inmóvil frente a los ángeles, vio caer las alas. Sólo las izquierdas. La negra corría y corría.

—Yo la entiendo. Usted quiere ser libre. No puede estar por los siglos de los siglos encerrada entre las rejas de su capilla siempre llorando.

Edelmira se paró para gritar:

—Mi niña, el hombre la partió por su ala izquierda. ¡Ahora sí! —reía como nunca—. ¡Ahora tiene las dos alas! Usted nació para el amor y la libertad. ¡Vuele! Yo voy a cuidarla hasta que se vaya.

Detrás venía acercándose un landó con la negrura briosa de sus caballos. Los escuchó detrás de sí. No pensaba en el peligro. Dejándose llevar por el instinto de la sangre bailándole en el cuerpo giró. Toda la luz del sol del mediodía la iluminaba. Entonces con los brazos en cruz enfrentó al carruaje.

—¡Paren! ¡No van a pisar a mi niña!

Los animales relincharon levantando las patas como si estuvieran ante una imponente presencia. Edelmira permanecía frente a ellos. La multitud, a ambos lados de la calle, estaba estupefacta, presa del extraño sortilegio.

Los caballos cayeron con su inexorable peso sobre la cabeza de la negra. El empedrado se teñía de la amorosa sangre de la nana. La cara de la mujer se vistió para siempre de su tierna sonrisa. El repicar de las campanas era aun más intenso.

El caballo de Carlos Francisco Guerrero se detuvo sorpresivamente. Relinchaba. El hombre lo acarició pero no podía calmarlo. Algo muy extraño estaba pasando. Jinete y animal percibían una sensación semejante. Sin poder controlarse se encaminaron al monte de talas. El cielo se ponía violeta. Todo era silencio. Comenzó a escucharse un repicar de campanas. Era casi imperceptible. Tal vez, las aguas del Salado se encresparan. Quizá, unas gaviotas volando por entre las copas de los árboles. O...

La luz del mediodía se derrama sobre las tierras de Guerrero. Hombre y caballo son parte del paisaje. La música de las campanas insiste. Desde el puente se escucharon las voces de Manuel y José:

—¡Hola! ¡Ya llegamos! —gritaba uno

—No venimos solos. ¡Vengan todos! ¡Traemos los Aberdeen Angus!

Carlos Francisco y su caballo se decidieron a trotar hasta el puente. Desde el casco de La Postrera llegaban corriendo Jorge, Luis y Antonio. El abrazo los esperaba allí.

María, que estaba regando la planta de jazmín que le regalara Samuel a Felicitas, los vio llegar muy unidos.

Los animales se acomodaban en los campos como si desde siempre hubieran estado en tierra argentina.

Almorzaron todos juntos. La mesa se vistió de empanadas criollas, asado y buen vino. A los postres llegaron los pastelitos con dulce de membrillo. Desde la pared del comedor los acompañaba el retrato de Felicitas, que diez años atrás había pintado Luis.

Al anochecer llegaron Barragán, Molina y la peonada. Mateando despidieron el sol que era un globo rojo que se tragó el Salado.

Cenizas del día en el rescoldo de la guitarra. No podía faltar el *Martín Fierro:*

185

Yo no soy cantor letrao
Más si me pongo a cantar
No tengo cuando acabar
Y me envejezco cantando
Las coplas me van brotando
Como agua de manantial.

Con la guitarra en la mano
Ni las moscas se me arriman
Naides me pone el pie encima
Y cuando el pecho se entona
Hago gemir á la prima
Y llorar á la bordona.

Con las primeras estrellas llegaron los cielitos y las vidalas. Los peones llevaron el ganado a descansar su primera noche argentina.

Los hermanos fueron a refugiarse en el calor del hogar.

Pasada la noche, amanecía en La Postrera. El canto del gallo acompañaba a las vaquillonas y a Virtuoso en su primera mañana bonaerense. El rosado de las garzas ondulaba en las aguas del Salado. El sol empezaba a acariciar el monte de talas.

En el silencio inicial del día se escuchó el primer llanto de una niña. El padre orgulloso besaba a la bebé recién nacida. La madre con el cansancio placentero en el cuerpo sonreía.

—¡Gracias, Dios mío! ¡Qué hija más hermosa! —dijeron, casi al mismo tiempo, Carlos Francisco y María Ignacia.

El 14 de abril de 1879 nacía Felicitas Guerrero.

Dicen que en Barracas almas solitarias de amor van a la capilla. Parece que tomándose muy fuerte a sus rejas le piden a Felicitas volver a unirse con el amado ausente. La gente del barrio también cuenta que las nuevas parejas frecuentan la iglesia para rezar por la felicidad de la unión.

Y MIENTRAS TANTO...

Vida y literatura. Nunca sabré con exactitud cómo, cuándo ni por qué elegí a Felicitas Guerrero para escribir. ¿Elegí o me eligió? Su historia me llevaba a mi familia materna y a aquel barrio: Barracas.

Cuando se empieza a transitar el camino de la creación el tiempo y el espacio ya no son los mismos. Yo caminaba por el sendero que me iba trazando Felicitas.

La voz de Edelmira, mi abuela materna, y de mis tías me trajeron en aquella primavera del 96 la leyenda de la viuda de Álzaga. Mientras tomaba el té con mi tía Rosa Solustri de Ruiz le pedí que volviera a hablarme de esa historia. A medida que la relataba se iba renovando aquella inquietud de mi infancia. Felicitas tenía todo lo que siempre me había fascinado: amor, misticismo, misterio... Empecé a hacerle preguntas a ella, a mi amiga, Susana García, quien también me facilitó valiosísimos textos, y a otros vecinos que viven alrededor de la capilla. A medida que me respondían iban surgiendo nuevos interrogantes. La curiosidad me infundía energías. Ya no pude detenerme.

Le pedí a mi tía que me acompañara a buscar información por el barrio. ¡Nunca imaginé que ella pudiera colaborar tanto! Entre otras cosas consiguió un permiso especial para que pudiera visitar la capilla, que en ese entonces estaba cerrada.

Ya esta novela era mi obsesión. Tiempos y lugares iban cambiando. Viajé a Domselaar bajo el calor de un domingo de enero. Supe que podía llegar teniendo solamente como hoja de ruta un artículo periodístico de algunos años atrás. Tomé el colectivo 51 en Constitución. Le pedí al chofer que me avisara cuando llegáramos al castillo.

Al golpear las manos escuché los ladridos de los perros. Al rato me recibió la dueña de casa, la escultora María Josefina Guerrero, nieta de Antonio, uno de los hermanos de Felicitas. Saqué fotos a un cuadro de mi protagonista y grabé anécdotas de la familia que Josef, como la llaman los íntimos, me relató. Después de casi una hora de conversación los perros estaban a mis pies lamiéndome las manos. Nos despedimos intercambiándonos teléfonos. Me felicitó por la valentía de haber ido sola hasta allí sin previo aviso.

Empecé a recorrer bibliotecas. Felicitas Guerrero no figuraba. Yo iba a escribir la historia de una "señora que no hizo nada". Eso me entusiasmaba aun más. Sabía que mi amiga Lily Sosa de Newton la había incorporado en su Diccionario de mujeres argentinas. *La visité. Me facilitó algunos artículos periodísticos. A los pocos días le pedí prestado el libro* Cocina ecléctica, *de Juanamanuela Gorriti. Siempre me encantó incorporar recetas dentro de mi escritura. Recuerdo las novelas de Jorge Amado. Por algo mi hija se llama Gabriela.*

Ahora, finalizando este libro, rememoro cómo empecé a escri-
birlo. Todos decían "la mataron". No tenía dudas; iba a iniciarlo por
el crimen. Pero ¿cuáles serían las primeras palabras? ¿Cuál la pun-
ta del ovillo que me conduciría por el laberinto de la narrativa?

Una mañana lluviosa de octubre del 96 tomé el 12 y me bajé en
Montes de Oca y Pinzón. Era sábado. La lluvia persistía. Me detuve
un instante frente a la capilla. Empecé a deambular por la Plaza
Colombia. Cerré los ojos. Giré. Al abrirlos me encontré con un
graffiti en la blancura del monumento: "Te amo". Éstas iban a ser
las primeras palabras: "Te amo, Felicitas Guerrero". Al recordar
vuelvo a estremecerme.

Volví a casa. El teléfono estaba sonando. Era Enrique Puccia.
Lo había conocido poco tiempo atrás en el Centro Cultural San
Martín. Coordinaba la Antología Oral de la Poesía. Era primavera.
Llovía. Hubo rosas, vino y literatura. A los pocos días una amiga,
Marta Squera, me alcanzó La historia de Barracas de Enrique
Puccia. Inmediatamente lo llamé para preguntarle si él era el autor.
Con voz emocionada me respondió que era su padre. El historiador
había muerto poco tiempo atrás pero el hijo poeta me brindó sus
textos con mano generosa.

Por fin, en febrero del 97, conocí a Jorge Llobet Guerrero. Nos
sentamos entre novelas, cuentos y ensayos de su Librería Pampeana.
Había llegado de sus campos de San Luis. Conversamos varias ho-
ras. A través de él pude perfilar el personaje de Carlos Francisco, su
bisabuelo. Me emocioné al enterarme de que en una jornada, la del
crimen, el hermano mayor de Felicitas había sacrificado dos caba-
llos para llegar desde los pagos de Madariaga hasta Barracas.

La gente amiga veraneaba. Una tarde recibí la llamada de
Blanca Ocampo, quien me invitó a pasar el fin de semana en
Pinamar. Después de las insistencias de mi amiga acepté. Tomé mis
apuntes para seguir escribiendo durante el viaje. No me desviaba
del camino de Felicitas. Y así fue. Ni un día de playa. A la mañana
me fui sola hasta Cariló. No había dudas, la belleza de mi protago-
nista estaba en estos lugares. Por la tarde, estuve tomando el té con
Teresita Guerrero y Daniel Cibert en la Estancia Dos Montes. La
joven estanciera me facilitó cartas de su tía bisabuela. Gracias a
ellas pude conocer todo lo que mi heroína amaba sus tierras. Por la
noche le pedí a Blanca asesoramiento sobre vestuario de época. A la
mañana siguiente ya volvíamos a Buenos Aires. Yo estaba feliz. Tal
vez escribiendo así no haga falta descanso. Se vive de vacaciones.

Las charlas con Jorge continuaban. Me transmitía su inmenso
amor a la tierra y a su familia. Siempre nombraba a Benito Guerre-
ro, nieto de Manuel Justo y José Manuel, hermanos de mi protago-
nista.

Un día frío de... no recuerdo con exactitud, tal vez mayo o junio,
fuimos con Jorge a visitarlo a su estancia Caballadas, en Guerrero.
Nos recibió con afecto y sencillez. Gracias a esta invitación pude

sentir el río Salado desde la glorieta de La Postrera. Internarme en la magia del bello monte de talas para luego vivir la emoción de ser la primera persona extraña para la cual Benito abrió el escritorio de Carlos José, padre de Felicitas. Tuve entre mis manos el bordado que ella hizo cuando tenía 9 años y las cartas de amor de los papás de mi heroína. Temblaba de emoción. Aquello parecía un sueño.

La generosidad y el amor por sus antepasados hizo que este sobrino nieto volviera a invitarme al campo. Fue entonces cuando pude rezar arrodillada en el reclinatorio tapizado de terciopelo de Felicitas Cueto y mirarme en la luna del espejo de su ropero. A través de Benito pude aprender la veneración de la naturaleza y despedir el día desde el puente del Salado. Antes de comenzar este libro, Caballadas estaba triste. Habían muerto los padres del dueño: Luis Carlos y Esther Verónica Guerrero. Mi felicidad no tenía límites cuando me invitó a poner en hora todos los relojes de su estancia. La vida y la literatura superponiéndose me superaban.

Esther O. de R. de Seoaje Pinto, Jorge Crespo Montes, Diego Herrera Vegas, Narciso Binayán y Félix Martín Herrera son algunos de los genealogistas que me brindaron fundamentales informaciones. A través de ellos tuve la certeza de que cuanto yo sentía, al conocer a los descendientes, pasaba a ser parte de Felicitas. Esther ya estaba haciendo el escudo de la familia Guerrero.

Hubo otras entrevistas con descendientes. Una tarde de ameno café en la casa de otra nieta de Antonio: María Adelaida Guerrero de Dormal Bosch. Cartas, charlas y paseos con Andrea Llobet Guerrero y una visita a la oficina de Carlos Guerrero, gracias al cual conocí la historia de los Aberdeen Angus.

Daniela Rodríguez trajo a mis Talleres Literarios la energía del sol africano (ella y su marido hacen turismo aventura por esos lejanos paisajes) para darle movimiento a la nana, quien vivió, como sus ancestros, con toda la luz del cenit. Por ella también supe de la discriminación que sufren las mujeres ingenieras agrónomas en mi país. Una vez más la literatura se adelantaba a la vida. Daniela me enriqueció con sus conocimientos sobre los campos bonaerenses.

Entre café y café del invierno porteño Norma Pérez Martín escuchó esta historia. Agradezco la capacidad crítica y experiencia como escritora pero sobre todo su calidez y sus sonrisas de aliento.

Ya era tiempo de empezar a tipiar esta novela. De inmediato mi familia me consiguió una computadora. Aníbal Montané, también asistente a mis Talleres, pasó largos fines de semana logrando que yo perdiera el miedo a esta máquina que hoy es casi mi amiga.

Con María Kodama compartimos desayunos mezclados con el transitar de esta novela. Ella se fascinaba con el "Mientras tanto".

Recuerdo el cálido impulso de vecinos y amigos que me acompañaron en este camino. No faltaron quienes con una sonrisa socarrona me repetían a modo de estribillo: "¿Era coqueta, no?", "Tenía muchos pretendientes, ¿no es así?" Una vez más se repite nuestro:

"Por algo habrá sido", pensamiento que, aún hoy nos sigue haciendo daño.

Jorge Corsi, con sus sólidos conocimientos acerca de violencia familiar, me explicó por qué un hombre puede tomar a la mujer como un objeto de posesión.

El encuentro con el arquitecto Norberto de Vicenzi, restaurador de la capilla y de la casa donde Felicitas nació (hoy sede de la S.A.D.E.), fue inolvidable. Una tarde, mientras trabajaba junto a Manuel en la iglesia, me contó algunas de las experiencias sobrenaturales que yo traté de reflejar en la negra Edelmira.

Cuando terminé de escribir el epílogo donde Felicitas era luz sobre sus tierras recibí la llamada de Benito Guerrero. Desde los pagos del Salado me daba la buena nueva: sus campos empezaban a ser pastoreados por el ganado de Sáenz Valiente.

ANA MARÍA CABRERA

Composición de originales
Gea XXI
Esta edición de 3.000 ejemplares
se terminó de imprimir en
La Prensa Médica Argentina
Junín 845, Buenos Aires,
en el mes de octubre de 1998.